GRANDES OBRAS DA CULTURA UNIVERSAL

(Clássicos de Sempre)

1. A DIVINA COMÉDIA — Dante Alighieri — Ilustrações de Gustave Doré — Tradução, nota e um estudo biográfico, por Cristiano Martins.
2. OS LUSÍADAS — Luís de Camões — Introdução de Antônio Soares Amora — Modernização e Revisão do Texto de Flora Amora Sales Campos — Notas de Antônio Soares Amora, Massaud Moisés, Naief Sáfady, Rolando Morel Pinto e Segismundo Spina.
3. FAUSTO — Goethe — Tradução de Eugênio Amado.
4. LÍRICA — Luís de Camões — Introdução e notas de Aires da Mata Machado Filho.
5. DOM QUIXOTE DE LA MANCHA — Miguel de Cervantes Saavedra — Com 370 ilustrações de Gustave Doré — Tradução e notas de Eugênio Amado — Introdução de Júlio G. Garcia Morejón.
6. GUERRA E PAZ — Leon Tolstói — Com índice de personagens históricos, 272 ilustrações originais do artista russo S. Shamarinov. Tradução, introdução e notas de Oscar Mendes.
7. ORIGEM DAS ESPÉCIES — Charles Darwin — Com esboço autobiográfico e esboço histórico do progresso da opinião acerca do problema da origem das espécies, até publicação da primeira edição deste trabalho. Tradução de Eugênio Amado.
8. CYRANO DE BERGERAC — Edmond Rostand — Com uma "Nota dos Editores" ilustrada por Mario Murtas. Tradução em versos por Carlos Porto Carreiro.
9. TESTAMENTO — François Villon — Edição bilingue — Tradução, cronologia, prefácio e notas de Afonso Félix de Souza.
10. DOM QUIXOTE APÓCRIFO — Alonso Fernandez de Avelaneda — Tradução, prefácio e notas de Eugênio Amado — Ilustrações de Poty.
11. GARGÂNTUA E PANTAGRUEL — Rabelais — Tradução de David Jardim Júnior.
12. AVENTURAS DO BARÃO DE MÜNCHHAUSEN — G.A. Burger — Tradução de Moacir Werneck de Castro — Ilustração de Gustave Doré.
13. O PARAÍSO PERDIDO — John Milton — Ilustrações de Gustave Doré — Tradução de Antônio José Lima Leitão.
14. SHAKESPEARE — Peças Escolhidas — (Romeu e Julieta, Hamlet, Macbeth) — William Shakespeare
15. GIL BLAS DE SANTILLANA — Lesage — Em 2 volumes. Tradução de Bocage — Ilustrações de Barbant — Vinheta de Sabatacha.
16. DECAMERON — Giovanni Boccaccio — Tradução de Raul de Polillo — Introdução de Eldoardo Bizzarri.
17. QUO VADIS — Henrik Sienkiewicz — Tradução de J. K. Albergaria — Ilustrações Dietricht, Alfredo de Moraes e Sousa e Silva — Gravuras de Carlos Traver.
18. MEMÓRIAS DE UM MÉDICO — Alexandre Dumas (1. José Bálsamo — 2. O Colar da Rainha — 3. A Condessa de Charny — 4. Angelo Pitou — 5. O Cavalheiro da Casa Vermelha).
19. A ORIGEM DO HOMEM (e a seleção sexual) — Charles Darwin — Tradução Eugênio Amado.
20. CONVERSAÇÕES COM GOETHE — Johann Peter Eckermann — Tradução do alemão e notas de Marina Leivas Bastian Pinto.
21. PERFIS DE MULHERES — José de Alencar
22. ÚLTIMOS CONTOS — Hans Christian Andersen
23. ANNA KARÊNINA — Leon Tolstói
24. CONTOS — Machado de Assis
25. E O VENTO LEVOU — Margaret Mitchell
26. CRIME E CASTIGO — Fiódor Dostoiévski
27. OS IRMÃOS KARAMOZOV — Fiódor Dostoiévski
28. O IDIOTA — Fiódor Dostoiévski

CYRANO DE BERGERAC

GRANDES OBRAS DA CULTURA UNIVERSAL

Diretor editorial
HENRIQUE TELES

Produção editorial
ELIANA S. NOGUEIRA

Arte gráfica
LUDMILA DUARTE

Revisão
JÚLIA RAJÃO

EDITORA GARNIER
BELO HORIZONTE
Rua São Geraldo, 67 — Floresta — Cep. 30150-070
Tel.: 3212-4600 - e-mail: vilaricaeditora@uol.com.br

EDMOND ROSTAND

CYRANO DE BERGERAC

2ª Edição

GARNIER
desde 1844

Dados Internacionais de Catalogação na Publicação (CIP) de acordo com ISBD

R839C Rostand, Edmond, 1868-1918.

Cyrano de Bergerac - Edmond Rostand. - 2 ed. - Belo Horizonte, MG : Garnier, 2021.
222 p. : il. ; 16cm x 23 cm.

Inclui índice.
ISBN 978-85-7175-172-0

1. Literatura francesa.. 2. Teatro. I. Título.

CDD 840
CDU 821.133.1

Elaborado por Vagner Rodolfo da Silva - CRB-8/9410

Índice para catálogo sistemático:
1. Literatura francesa 840
2. Literatura francesa 821.133.1

SUMÁRIO

CYRANO DE BERGERAC

Comédia Heroica em 5 Atos e em Verso

por

EDMOND ROSTAND

(Poeta e teatrólogo francês)

Nascido em Marselha (1868)

Obras principais:

OS ROMANESCOS

A SAMARITANA

CYRANO DE BERGERAC

O FILHO DA ÁGUIA

CHANTECLER

Falecido em 1918

Traduzida em Versos Portugueses

por

CARLOS PORTO CARREIRO

Ilustrada por

MÁRIO DE MURTAS

CYRANO DE BERGERAC

Personagens

Cyrano de Bergerac
Cristiano de Neuvillette
Conde de Guiche
Ragueneau
Le Bret
Carbon de Castel-Jaloux
Lignière
De Valvert
1.º Marquês
2.º Marquês
3.º Marquês
Montfleury
Bellerose
Jodelet
Cuigy
Brissaille
Um importuno
Um mosqueteiro
Outro mosqueteiro
Um oficial espanhol
Um soldado de Cavalaria
O porteiro
Um burguês
Um filho do burguês
Um gatuno
Um espectador
Um guarda
Bertrandou, o tocador de pífano
O capuchinho
Dois músicos
Os cadetes
Os poetas
Os pasteleiros
Os pagens
Roxana
Soror Marta
Lise
A botequineira
Madre Margarida de Jesus
A Aia
Soror Clara
Uma comedianta
A florista
A ramalheteira

A multidão, burgueses, marqueses, mosqueteiros, gatunos, pasteleiros, cadetes gascões, comediantes, violinos, pagens, crianças, soldados espanhóis, espectadores, espectadoras, preciosas, comediantas, burguesas, religiosas, etc.

(Os quatro primeiros atos em 1640, o quinto em 1655)

Nota dos Editores

Na série *GRANDES OBRAS DA CULTURA UNIVERSAL (Clássicos de Sempre)*, a que o público tem concedido tão generoso favor, o *Cyrano de Bergerac* devia necessariamente figurar por estes dois atributos: livro capital de ROSTAND, teve a fortuna de achar em PÔRTO CARREIRO um tradutor apaixonado.

Lendo a bela comédia heroica, escrita em versos dúcteis e cintilantes, compreende-se bem o sucesso vivíssimo que alcançou, graças à sua fantasia cômica, à sua graça moral, à sua flor cavaleiresca, que são como as qualidades distintas da alma francesa.

A respeito da versão, igualmente consagrada, bastaria citar o juízo de José Veríssimo, o crítico de notório rigor, que "julga em alguns pontos a tradução melhor que o original."

Como ele, toda a crítica fez incondicionais elogios à tradução, acentuando que os triolés dos Cadetes da Gasconha, a cena do beijo de Roxana, a balada de Cyrano por ocasião do famoso duelo com o Visconde de Varvert, a fala em que o duelista descreve o próprio nariz, tudo foi magistralmente reproduzido.

Se o traduzir em si é sempre custoso — observa outro crítico — subia de ponto a dificuldade em se tratando da sucessão vertiginosa de ditos picantes e de réplicas chistosas, de sentimentos disparatados, ridículos ou heroicos, de trocadilhos extravagantes e de declarações amorosas, dos feitos e das palavras do narigudo e estrambótico Cyrano, retratado pelo mais fantasista poeta francês do seu tempo. E prossegue o mesmo crítico mostrando como, verso a verso, traduzindo e não parafraseando, amoldando a sua frase, fielmente mas sem servilismo, ao texto francês que lhe serve de guia, PÔRTO CARREIRO, "arrancando do português faíscas que cegam, acrescenta-lhe franjas, alonga-lhe em manto real as curtas vestes latinas, obriga-o a ladear precipícios, a transpor abismos, a falar alternadamente a gíria alambicada das preciosas e o calão esmaltado de juras dos gascões, e finalmente, ousado e quase sacrílego, prega-lhe no morrião amolgado pelos mouros o penacho excessivo de Cyrano de Bergerac."

E, para corroborarem as suas afirmações, os críticos confrontam trechos de um e outro trabalho, como este da definição do beijo, na cena X do III ato:

em ROSTAND:

Un point rose qu'on met sur li du verbe aimer,
em PÔRTO CARREIRO:
Um ponto róseo no i do lábio que se adora;
ou este da cena final da comédia:
no original:
Elle vient. Je me sens déja botté de marbre,
Ganté de plomb,
na tradução:
Vem. Já me calça os pés de mármore dormente,
Enluva-me de chumbo.

PRIMEIRO ATO

PRIMEIRO ATO

Uma representação no paço de Borgonha

No salão do Paço de Borgonha, em 1640. Coisa parecida com um telheiro de jogo de péla preparado e ornamentado para representações.

O salão é um quadrilongo; o espectador o vê de viés, de forma que um dos lados do salão constitui o fundo da cena, o qual parte do 1º plano, à D., e termina no último plano, à E., fazendo ângulo com o palco falso, que se avista na parte enviesada que aí corre.

Este palco está atravancado, de ambos os lados, por bancos que se estendem ao longo dos bastidores. O pano de boca é formado por dois reposteiros que se podem afastar. Acima do manto de Arlequim, as armas do rei. Desce-se do palco para a sala por largos degraus. De cada lado destes, lugares para os violinos. Ribalta de velas.

Duas ordens de galerias laterais: a ordem superior é dividida em camarotes. Não há assentos na plateia, que é o mesmo palco verdadeiro; ao F. desta plateia, à D. do 1.º plano, bancos formando palanque e, sob a escada que os serve, e da qual só se vê o começo, uma espécie de botequim ornado de pequenos lustres, vasos com flores, copos de cristal, pratos de doces, garrafas, etc.

Ao F., no centro, por baixo das galerias, a entrada do teatro: larga porta que se entreabre para deixar passar os espectadores. Sobre a porta, em diversos outros lugares, por cima do botequim, etc., cartazes vermelhos com esta legenda: A Clorisa.

Ao subir o pano, o salão está em semiobscuridade; e ainda vazio. Os lustres estão descidos no meio da plateia e por acender.

CENA I

O PÚBLICO *que vem chegando*, SOLDADOS DE CAVALARIA, BURGUESES, LACAIOS, PAGENS, GATUNOS, O PORTEIRO, etc.; *depois* OS MARQUESES, CUIGY, BRISSAILLE, A BOTEQUINEIRA, OS VIOLINOS, *etc.*

(Tumulto por trás da porta de entrada. Depois um soldado entra violentamente).

O PORTEIRO, *perseguindo-o*
Vossa entrada?

O SOLDADO Eu não pago.

O PORTEIRO É boa! Por que é isso?

O SOLDADO Sou da guarda real: hoje entro de serviço.

O PORTEIRO, *a outro que acaba de entrar*
E vós?

2º SOLDADO Grátis!

O PORTEIRO Porém...

2º SOLDADO Sou mosqueteiro!

1º SOLDADO, *ao segundo*
Às duas
É que se dá começo. Olha: as plateias... nuas
Joguemos o florete!
(Jogam as armas)

UM LACAIO, *entrando*
O' Flanquin!

OUTRO LACAIO, *que já estava*
Que é que temos? Champagne?

O PRIMEIRO, *tirando um baralho do bolso*
Cartas.
(Senta-se no chão)
Vá, joguemos!

O SEGUNDO, sentando-se no chão
Pois joguemos!

O PRIMEIRO, *tirando do bolso um coto de vela que acende*

e fixa no chão

Eu furtei a meu amo um pouco de luzerna.

UM GUARDA, *a uma ramalheteira que vem chegando*

Virdes no escuro... assim... demonstra que sois terna!

(Passa-lhe o braço à cintura)

UM DOS DUELISTAS, *recebendo um golpe*

Toca!

UM JOGADOR Paus!

O GUARDA, *perseguindo a mulher*

Um beijinho!

A RAMALHETEIRA, *fugindo*

Há gente!

O GUARDA, *arrastando-a para o escuro*

Não há risco!

UM HOMEM, *sentado no chão com outros portadores de provisões de boca*

Quando a gente vem cedo, é lícito um petisco.

UM BURGUÊS, com o filho

Sentemo-nos ali, filho.

UM JOGADOR Às!

UM HOMEM, *sacando uma garrafa de sob o capote e sentando-se*

Um sem-vergonha

Prove o borgonha aqui...

(Bebe)

... no Paço de Borgonha

O BURGUÊS *ao filho*

Dir-se-ia estarmos nós no meio da canalha!

(Mostra o bêbedo com a bengala).

Bebem!

(Avança; um dos soldados dá-lhe um encontrão).

Brigam!

(Cai no meio dos jogadores)

Há jogo!

O GUARDA, *por trás dele perseguindo a rapariga*

Um beijo!

O BURGUÊS, *afastando à Pressa o filho*

Deus me valha!

E talvez no futuro exista quem duvide

Ter ido aqui

à cena *Agesilaus...*

O RAPAZ E o *Cid!*

UM RANCHO DE PAGENS, *de mãos dadas, entra cantando*

Tra lá lá lá lá lá lá lá lá lá rá...

O PORTEIRO, *severamente aos pagens*

Pagens, nada de troça!

1.º PAGEM, *ferido na dignidade*

O termo nos afronta!

(Vivamente ao 2.º Pagem, assim que o Porteiro deu as costas).

Tens linha de pescar?

2.º PAGEM E anzol, preso na ponta!

1.º PAGEM Pesca-se lá de cima alguma cabeleira.

UM GATUNO, *agrupando em torno a si vários homens de má catadura*

Hoje haveis de mostrar se tendes mão ligeira:

Aprendei a lição, portanto, meus pandilhas!

2.º PAGEM, *gritando para outros que já estão nas galerias superiores*

Tendes canudos lá?

3.º PAGEM, *do alto*

Também temos ervilhas.

(Sopra no canudo e criva de ervilhas o outro).

O RAPAZ, *ao pai*

Que vão representar?

O BURGUÊS "Clorisa".

O RAPAZ De que autor?

O BURGUÊS De Balthazar Baro: — trabalho de valor!

(Sobe, dando o braço ao filho).

O GATUNO, *aos neófitos*

...As rendas dos canhões, cortai-as com cuidado!

UM ESPECTADOR, *a outro, mostrando-lhe um lugar elevado do teatro*

A "primeira" do *Cid* ouvi daquele lado.

O GATUNO, *fazendo com os dedos jeito de escamotear*

...Os relógios...

O BURGUÊS, *descendo com o filho*

Vereis atores muito ilustres . . .

O GATUNO, *fazendo o jeito de quem puxa às sacudidelas*

...Os lenços...

O BURGUÊS Montfleury. . .

ALGUÉM, *gritando de cima*

Acendam-se esses lustres!

O BURGUÊS ... Bellerose, L'Epy, La Beaupré, Jodelet!...

A BOTEQUINEIRA, *aparecendo atrás do balcão do buffet*

Laranjas! Leite!

UM PAGEM, *na plateia*

Belo! abriu-se o tal *buffet!*

A BOTEQUINEIRA Framboesa! Limonada!

(Rumor na porta)

UMA VOZ DE FALSETE Arredem-se! Que brutos!

UM LACAIO, *admirado*

Marqueses na plateia!

OUTRO LACAIO Apenas por minutos!

(Entra um rancho de marquesinhos)

UM MARQUÊS, *vendo a sala meio vazia*

Nós, chegarmos assim. . . quais reles mercadores!?
Sem pisar a ninguém! Sem despertar clamores?!
Ah! fi! fi! fi!
(Encontra-se com outros fidalgos)
Cuigy! Brissaille!
(Grandes abraços)
Amigo raro!

CUIGY Que tal! Chegarmos nós, antes que esteja claro?!

MARQUÊS Ah! nem me fales nisso! . . . É tal meu dissabor!

OUTRO Consola-te, Marquês; lá vem o acendedor.

A SALA, *à entrada do acendedor*

Ah!...

(Grupos em torno dos lustres que se vão acendendo. Algumas Pessoas tomaram assento nas galerias. Lignière entra na plateia, dando o braço a Cristiano de Neuvillette; Lignière, um pouco desleixado no vestir, figura de bêbedo distinto; Cristiano, vestido elegantemente, mas um tanto fora da moda; está preocupado, olhando para os camarotes).

CENA II

OS MESMOS, CRISTIANO, *LIGNIÈRE, depois* RAGUENEAU e LE BRET

CUIGY Lignière!

BRISSAILLE, *rindo*

Inda em si?

LIGNIÊRE, *baixo a Cristiano*

Quereis ser conhecido?

(Sinal de assentimento de Cristiano. Apresentando).

Barão de Neuvillette.

(Cumprimentos)

A SALA, *aclamando o 1.º lustre que sobe*

Ah!

CUIGY, *a Brissaille, olhando para Cristiano*

Lindo!

1.º MARQUÊS, *que o ouviu*

E mal vestido.

LIGNIÈRE, *apresentando*

De Cuigy... De Brissaille...

CRISTIANO, *inclinando-se*

Ah! muito folgo...

1.º MARQUÊS *ao 2.º*

Juro:

É bonito. Porém não traja com apuro.

LIGNIÈRE, a Cuigy, designando Cristiano

Acaba de chegar de Tours, há poucos dias.

CRISTIANO Há vinte. Entro amanhã numa das companhias

Dos guardas de Paris, — na dos Cadetes.

1.º MARQUÊS, *olhando para os camarotes*

Ah!

A presidenta Aubry!

A BOTEQUINEIRA Laranjada!

OS VIOLINOS,	*afinando*
	La... La...
CUIGY,	*a Cristiano, mostrando a sala que se enche*
	Enchente!
CRISTIANO	Sim, real!
1.º MARQUÊS	A nata!
2.º MARQUÊS	Olha! a Senhora
	De Guéménée. . .
CUIGY,	*continuando*
	E a Bois-Dauphin. . .
1º MARQUÊS	Que amei outrora.
BRISSAILLE,	*continuando*
	E a Chavigny. . .
2.º MARQUÊS	Fatal ao nosso coração!
LIGNIÈRE	Ah! Corneille também, que veio de Ruão.
O RAPAZ,	*ao pai*
	A Academia vem?
O BURGUÊS	Mais de um membro aqui está:
	Arbaud, Boudu, Cureau de la Chambre, Boissat,
	Porchères, Colomby, Bourzeys, Bourdon...
O RAPAZ	Que lista!
O BURGUÊS	Nomes que hão de viver enquanto o mundo exista!
1.º MARQUÊS	As preciosas! Alerta! Aí chega a flor da classe:
	Urimedonte, Barthenoide, Cassandace,
	Felixeria . . .
2. º MARQUÊS	Altos céus! Que nomes de entremez!
	Marquês, sabes de cor?
1.º MARQUÊS	Sei-os de cor, Marquês.
LIGNIÈRE,	*chamando a Cristiano, de parte*
	Meu caro! Entrando aqui, já fiz um sacrifício,
	Ela não chega. . . Eu vou satisfazer meu vício. . .
CRISTIANO,	*súplice*
	Não! Cantor popular, a vós é que recorro:
O CHEFE DOS VIOLINOS,	*batendo na estante com o arco*
	Violinos! Atenção!
	(Ergue o arco).

A BOTEQUINEIRA	Macarrões! Laranjada!
	(Os violinos começam a tocar).
CRISTIANO	Receio que ela seja alguma alambicada.
	Não lhe quero falar, pois falta-me o talento.
	O estilo d'hoje em dia é o meu maior tormento.
	Sou um pobre soldado, estranho ao grande mundo.
	— *Lá está*, sempre vazio, o camarote ao fundo.
LIGNIÈRE,	*querendo sair*
	Eu parto. . .
CRISTIANO,	*retendo-o*
	Oh! Não! Ficai!
LIGNIÊRE	Não posso: D'Assoucy
	Me espera p'ra beber. Morro de sede aqui.
A BOTEQUINEIRA,	*passando-lhe em frente com uma*
	bandeja
	Laranjada?
LIGNIÈRE,	*com um gesto de repugnância*
	Pffi!
A BOTEQUINEIRA	Leite?
LIGNIÈRE,	*idem*
	Hum!...
A BOTEQUINEIRA	Rivesalto?
LIGNIÈRE	Oh! Alto.
	(A Cristiano).
	Fico um pouquinho mais: vamos ao rivesalto.
	(Senta-se ao buffet; a botequineira serve-lhe rivesalto)
GRITOS,	*no público, ao ver entrar um sujeito baixote,*
	bojudo e folgazão
	Ragueneau!
LIGNIÈRE,	*a Cristiano*
	Ragueneau — sublime pasteleiro.
RAGUENEAU,	*em trajo de Pasteleiro endomingado*
	Não vistes o senhor Cyrano, cavalheiro?
LIGNIÈRE,	*apresentando*
	Pasteleiro do tom — de poetas e de atores!

RAGUENEAU, confundindo-se
Quantas honras!
LIGNIÈRE Chitom, Mecenas!
RAGUENEAU São favores:
A minha casa, eu sei, fornece-lhes. . .
LIGNIÈRE Fiado!
É poeta e de talento.
RAGUENEAU Afirmam-me. . .
LIGNIÈRE E exaltado
Amante da poesia. . .
RAGUENEAU É fato! Uma quadrinha. . .
LIGNIÈRE Vos compra um empadão!
RAGUENEAU Não tanto: uma empadinha. . .
LIGNIÈRE Modéstia! Certa vez, julgaste um deleite
Dar por um triolet. . .
RAGUENEAU, *desculpando-se*
Bolinhos. . .
LIGNIÈRE, severamente
Mas. . . de leite!
Do teatro. . . gostais?
RAGUENEAU Se as peças idolatro!...
LIGNIÈRE E pagais em pastéis a entrada no teatro!
— E quanto vos custou de comezainas gordas
A de hoje? Aqui para nós...?
RAGUENEAU, *rindo*
Três frangos, quinze açordas.
RAGUENEAU, *preocupado, olhando para todos os lados*
O Senhor de Cyrano, ausente! É de pasmar!
LIGNIÈRE E por quê?
RAGUENEAU Montfleury não vai representar?
LIGNIÈRE É fato: esse tonel figura na *Clorisa.*
E. . . que tem Bergerac?...
RAGUENEAU Tem muito! E a *ogeriza*
Que vota a Montfleury? — Cyrano impôs-lhe a pena
De, por todo este mês, não se mostrar em cena.

LIGNIÈRE, *que já está em seu quarto cálice*
E que tem . . .

RAGUENEAU Montfleury vai trabalhar.

CUIGY, *que se aproximou com seu grupo*
Parola!

RAGUENEAU E eu . . . vim ver!

1.º MARQUÊS E quem é Cyrano?

CUIGY Um rapazola
Metido a brigador.

2.º MARQUÊS É nobre?

CUIGY O *quantum satis:*
É cadete e gascão.
(Mostrando um fidalgo que passeia na sala como que à Procura de alguém)
Mas o seu fido Acates
— Le Bret — pode dizer . . .
(Interrompendo-se e chamando).
Le Bret! A quem buscais? A Cyrano?

LE BRET, *fazendo gesto de assentimento*
E experimento inquietações reais!

CUIGY Dizem que esse rapaz tem modos singulares?

LE BRET, *com ternura*
É o mais original dos entes sublunares!

RAGUENEAU É poeta!

CUIGY Espadachim...

BRISSAILLE Músico. . .

LE BRET Matemático...

LIGNIÈRE E que aspecto esquisito, exótico, esquipático!

RAGUENEAU Semelhante perfil duvido que o desenhe
O pincel do senhor Philippe de Champaigne;
Mas, bizarro, excessivo, estroina, caprichoso,
Jacques Callot lhe achara exemplo vigoroso
De louco espadachim, de trêfego brigão:
Três plumas no chapéu, seis abas no gibão,
Capa que, sobre a espada, erguendo-se, arrogante,

Finge um rabo de galo afoito e petulante!
Orgulhoso Artaban, que, altivo de caráter,
A Gasconha gerou no ventre de *alma mater*,
Mostra uma crista rubra e polichinelesca,
— Um nariz! Ah! Meu Deus! Que penca gigantesca!
Não há quem possa ver um narigudo tal
Sem dizer: "Mas, Senhor, que hipérbole nasal!"
E acrescenta, a sorrir: "Vai já tirá-lo!" Engano!
Teima em trazê-lo sempre o impávido Cyrano!

LE BRET, *dando à cabeça*
Quem lho notar, lhe prova a espada matadora!

RAGUENEAU, *altivo*
Nela — Atropos lhe deu metade da tesoura

1.º MARQUÊS, *encolhendo os ombros*
Não vem cá.

RAGUENEAU Se ele vem! Aposto um fricassé
À Ragueneau.

1.º MARQUÊS, *rindo*
Pois sim.
(Rumor de admiração na sala.
Roxana acaba de entrar no camarote.
Senta-se à frente e a Aia ao F. — Cristiano,
ocupado em pagar à botequineira, não dá por ela).

2.º MARQUÊS, *aos gritinhos*
Senhores! Pois não é
Soberbamente linda?

1.º MARQUÊS Um pêssego, dir-se-ia,
Sorrindo c'um morango!

2.º MARQUÊS E tal frescor envia
Que, ao chegar-se-lhe alguém, constipa o coração.

CRISTIANO, *vê Roxana, estremece e toma Lignière*
pelo braço
Ei-la!

LIGNIÈRE, *olhando*
É ela?

CRISTIANO É. Depressa: eu tremo de emoção!

LIGNIÈRE, *bebericando o rivesalto*

Madalena Robin, vulgo Roxana. — Fina.

— Preciosa.

CRISTIANO Ai! Deus!

LIGNIÈRE — Solteira. — Órfã desde menina.

Prima de Bergerac.

(Neste momento um elegante fidalgo, com o coração azul e a cruz de Santo André, entra no camarote e conversa um instante com Roxana).

CRISTIANO, *estremecendo*

E aquele?

LIGNIÈRE, *que já está meio ébrio, piscando o olho*

Hé! Hé! Cuidado!

— Conde de Guiche. Faz-lhe a corte. —

Ele é

[casado — :

Sobrinho afim de Armand de Richelieu; mas quer

Que Roxana despose um tal Senhor Valvert,

Fidalgote imbecil, visconde mas. . . bondoso:

Ela não quer; porém De Guiche é poderoso:

Tem meios de obrigar uma burguesa fraca.

Fui eu quem pôs à mostra a tática velhaca

Numa canção ferina. . . A pele inda lhes arde!...

O final era atroz. . . Ouvi:...

(Ergue-se titubeante, de copo erguido, como quem vai cantar).

CRISTIANO Não! Boa tarde!

LIGNIÈRE Saís?

CRISTIANO Vou provocar esse Valvert!

LIGNIÈRE Cautela!

Ele vos mata!

(Designa Roxana com o olhar)

Olhai: contemplam-vos!

CRISTIANO É ela!

(Fica em contemplação. O grupo dos gatunos, vendo-o distraído e boquiaberto, se lhe acerca).

LIGNIÈRE Eu parto. Sinto sede. A embriaguez me aguarda.

(Sai, fazendo ziguezagues)

LE BRET, *que tem feito um giro pela sala, voltando para Ragueneau*

Nada de Bergerac...!

RAGUENEAU Não sei porque ele tarda!

LE BRET O cartaz lhe passou talvez despercebido.

A SALA Começai! Começai!

CENA III

OS MESMOS, *menos* LIGNIÈRE; DE GUICHE, VALVERT, *depois* MONTFLEURY
(De Guiche desce do camarote de Roxana, atravessa a Plateia,
cercado de fidalgos obsequiosos, entre os quais o Visconde de Valvert).

UM MARQUÊS Que séquito luzido
Tem De Guiche!

OUTRO, *desdenhoso*
Um gascão!

O PRIMEIRO Gascão de muito jeito! Este... vai longe.
É bom render-lhe certo preito.
(Vão para De Guiche)

2.º MARQUÊS Que belas fitas, Conde! A cor que lhes dá vida.
Será: *Ventre de Corça* ou *Beija-me querida?*

DE GUICHE Cor de *Espanhol-molesto.*

O PRIMEIRO Assenta-vos a cor:
Breve, graças ao vosso intrépido valor
O espanhol vai sentir um golpe que o derrote.

DE GUICHE Eu subo ao palco. E vós?
(Dirige-se, seguido de todos os fidalgos, para o palco.
Volta-se e chama).
Valvert!

CRISTIANO, *que os tem ouvido e observado, estremece ouvindo esse nome*
O fidalgote!
Ah! Vou jogar-lhe à cara ...
(Mete a mão no bolso e encontra a de um gatuno
Prestes a roubá-lo. Volta-se).
Hem!

O GATUNO, *à parte*
Mau! Perdi o bolo!

CRISTIANO, *agarrando-o*

Eu buscava uma luva . . .

O GATUNO, *com um sorriso, mostrando a mão*

'I tendes o miolo!

(Mudando de tom, rápido, baixando a voz).

Largai-me que eu vos conto. . .

CRISTIANO, *continuando a segurá-lo*

O quê?

O GATUNO Se é vosso amigo

Lignière...

CRISTIANO, *idem*

Que tem?

O GATUNO Corre um próximo perigo:

Uma canção que fez desagradou a alguém;

E vamos esperá-lo, — um cento d'homens. . .

CRISTIANO Cem!

Quem mandou?

O GATUNO Não se diz.

CRISTIANO, *encolhendo os ombros*

É boa!

O GATUNO Arrisco a pele

Se o disser. . .

CRISTIANO E hão de estar?...

O GATUNO Junto à Porta de Nesle.

Se o quereis prevenir. . .

CRISTIANO, *largando-o*

Mas onde ir procurá-lo?

O GATUNO Correi as tascas: ide ao *Cinturão de Estalo,*

Ao *Lagar d'Ouro,* aos *Três Fachos,* aos *Dous Funis,*

À *Pinha* — e nessas mil bodegas de Paris

Deixai um bilhetinho a preveni-lo.

CRISTIANO Bem.

Ah! Que infames! . . . Eu corro! . . .

Um homem contra cem!

(Olhando para Roxana com amor)

E ela . . . fica!
(...Com furor para Valvert).
E ele!
(Com uma resolução).
Não! Lignière há de ser salvo!
(Sai correndo. — De Guiche, o Visconde, os marqueses, todos os nobres têm desaparecido por trás da cortina, para tomar assento no palco falso, nos bancos da cena. A plateia está repleta. — Repletos os camarotes e as galerias).

A SALA Começai!

UM BURGUÊS, cuja cabeleira foi pendurada na ponta dum cordel, Pescada por um Pagem da galeria superior
Meu chinó!
(Gritos de apupada)
Fora o calvo! Olha o calvo!
— Bravo! Pagens!
(Risadas)
Há! Há! Há! Há! Há!

O BURGUÊS, *furioso, ameaçando com o punho*
Vagabundo!
(Risadas, que começam forte e vão decrescendo).
Há! Há! Há! Há! Há! Há!
(Silêncio completo).

LE BRET, admirado
Que silêncio profundo!
(A um espectador que lhe fala ao ouvido).
Ah?

O ESPECTADOR Soube-o agora mesmo. É fato averiguado.

MURMÚRIOS, *que correm*
Chut! — É ele? — Não! — Sim.
— No camarote ao lado!
O Cardeal? — O Cardeal! — O Cardeal! — O Cardeal?

UM PAGEM Com a breca! Ninguém mais se pode portar mal!

(Batem dentro do palco. Todos se aquietam. — Expectativa).

A VOZ DUM MARQUÊS, *por trás do pano*

Acendei essa vela!

OUTRO MARQUÊS, *passando a cabeça pela fenda da cortina*

Uma cadeira!

(Passam-lhe uma cadeira de mão em mão,
por cima das cabeças.
O Marquês recebe-a e recolhe-se,
depois de ter mandado beijos aos camarotes).

UM ESPECTADOR, *reclamando*

A peça!

(Dão as três pancadas do estilo. Abre-se a cortina.
Os Marqueses assentados ao lado em posições insolentes.
Tela do F. representando uma decoração azulada
de peça pastoril. Alumiam a cena quatro pequenos
candelabros. Tocam em surdina os violinos).

LE BRET, *baixo a Ragueneau*

Mas hoje Montfleury trabalha?

RAGUENEAU, *baixo a Le Bret*

É quem começa.

LE BRET E não veio o Cyrano.

RAGUENEAU E a aposta, que eu perdi?!

LE BRET Melhor! Melhor! Melhor!

(Ouve-se uma ária de gaita-de-fole; e Montfleury
aparece em cena, — enorme — nuns trajos de pastor
de madrigal: chapéu ornado de rosas e derribado
para a orelha; sopra na gaita).

A PLATEIA, *aplaudindo*

Bravo de Montfleury!

MONTFLEURY, *depois de ter cumprimentado,*
— representando o papel de Phedon

"Feliz quem se abrigou num sítio solitário,
"Buscando contra o luxo exílio voluntário,
"E, no bosque, ao soprar das brisas fugidias...

UMA VOZ, *no meio da plateia*

Patife! Eu não te impus silêncio trinta dias?

(Estupefação geral. Todos se voltam. Murmúrios).

VOZES DIVERSAS — Hem? — Que é? — Quem foi?

CUIGY É ele!

LE BRET, *contrariado*

É Cyrano!

A VOZ Inda ficas?

Histrião! Sai de cena!

TODA A SALA, *indignada*

Oh!

MONTFLEURY Mas...

A VOZ Inda replicas?

VOZES DIVERSAS, *da plateia, dos camarotes*

— Basta! — Psiu! — Montfleury!

Dizei: nós escutamos.

MONTFLEURY, *com a voz mal segura*

"Feliz quem se abrigou num sítio soli . . .

A VOZ Vamos!

Desejas que eu te faça, estúpido, mazombo,

Uma planta de pau na região do lombo?

(Apareceu uma bengala ao cabo de um braço por sobre as cabeças).

MONTFLEURY, *Cada vez mais débil*

"Feliz quem. . .

(A bengala é brandida).

A VOZ Fora!

A PLATEIA Oh! Oh!

MONTFLEURY, *engasgado*

"Feliz quem se abrigou. . .

CYRANO, surgindo da Plateia, em pé numa cadeira, *braços cruzados, chapéu para trás, bigode hirsuto, nariz terrível*

Ah! Que me vou zangar!

(Sensação).

CENA IV

OS MESMOS, CYRANO, *depois* BELLEROSE e JODELET

MONTFLEURY, *aos Marqueses*
Sem vós eu nada sou,
Senhores, protegei-me!

UM MARQUÊS, *negligentemente*
Avante!

CYRANO, *a Montfleury*
Meu bojudo!
Já sei como te obrigo a te fazeres mudo!

O MARQUÊS Basta!

CYRANO Marqueses meus, se algum tornar à fala,
As fitas vos apalpo a força de bengala.

TODOS OS MARQUESES, *de pé*
É demais! — Montfleury...

CYRANO Se não se for embora,
Eu vou desorelhá-lo e pôr-lhe as tripas fora,

UMA VOZ Mas...

CYRANO Suma-se!

OUTRA VOZ Porém...

CYRANO Pois ele se rebela?
(Gesto de arregaçar as mangas).
Bem! Subo ao palco, e vou trinchar a mortadela
Com perícia exemplar, fatia por fatia.

MONTFLEURY, *apelando para a sua dignidade*
Senhor, Vós insultais um filho de Talia!

CYRANO, *muito polido*
Ah! Que a Musa não veja essa figura estranha!
Se vos visse uma vez, — todo escorrendo banha,
Gordo como um cevado e bruto como um bloco —
Pôr-vos-ia, eu sei onde, — o vértice do soco.

A PLATEIA Montfleury! — Montfleury! — A peça não caminha?

CYRANO, *aos que lhe gritam em redor*

Tende-me compaixão desta infeliz bainha!
Se prosseguirdes — crede — a triste se esvazia.
(O círculo se alarga).

A MULTIDÃO, *recuando*

Hé!... Lá!...

CYRANO, *a Montflcury*

Fora de cena!

A MULTIDÃO, *avançando*

Oh! Oh! Oh!

CYRANO, *voltando-se rápido*

Que ousadia!
(Novo recuo).
UMA voz, cantando ao F.
"Este Senhor de Cyrano
Decerto nos tiraniza;
Apesar do tal tirano
Ouviremos *A Clorisa.*"

TODA A SALA, *cantando*

"Ouviremos *A Clorisa.*"

CYRANO Se cantarem de novo a estólida canção,
Esmago-vos eu só!

UM BURGUÊS Sereis algum Sansão?

CYRANO Consentis em me dar de empréstimo a queixada?

UMA SENHORA, *do camarote*

É sem nome!

UM FIDALGO Inaudito!

UM BURGUÊS A graça é bem pesada!

UM PAGEM Ai! que pândega!

A PLATEIA, *Kiss!... Cyrano! Montfleury!...*

CYRANO Silêncio!

A PLATEIA, *em delírio*

Hi. . . han...! Bé... hé...! Uá!... Uá!...
[Quiquiriqui!...

CYRANO — En vos. . .

UM PAGEM — Miau!...

CYRANO — . . . vos convido a não soltar um pio,
E a toda esta plateia atiro um desafio.
Abro inscrição! Chegai! Chegai! nobres de escol!
Cada qual por seu turno! Eu vou fazer o rol!
Vamos!... Qual é de vós que dá começo à lista?
— Vós, senhor? — Não! — Vós? — Não!
Que chegue esse duelista,
E despacho-o, segundo o mérito e lugar!
— Quem quer morrer, levante um dedo para o ar!
(Silêncio).
Tendes pejo de ver a minha espada nua?
Nem dedo algum, — nem voz que ao meu convite anua?
Prossigo.
(Voltando-se para a cena, onde Montfleury espera com angústia).
Eu quero ver se o palco se liberta
Dum monstro. Do contrário. . .
(Com a mão na espada).
. . . a operação é certa.

MONTFLEURY — Eu. . .

CYRANO, *desce da cadeira, senta-se no meio da roda que se formou e instala-se como quem está em sua casa*
Lua cheia! Eu dou três palmas: que se suma,
À terceira palmada esse teu bojo!

A PLATEIA, *interessada*
Ah!

CYRANO, *dando uma palmada*
Uma!

MONTFLEURY — Eu. . .

UMA VOZ, *dum camarote*
Ficai!

A PLATEIA — Sai! — Não sai!...

MONTFLEURY Eu suponho, talvez...
Senhores...

CYRANO, *dando uma palmada*
Duas!

MONTFLEURY Eu julgo melhor que...

CYRANO, *dando uma palmada*
Três!
(Montfleury desaparece como por encanto.
Tormenta de risadas, de assobios, de apupos).

A SALA Hu!... Hu!... Cobarde! Vem!

CYRANO, *recosta-se na cadeira e cruza as pernas*
Que o faça! Eu desafio!

UM BURGUÊS Fale o orador da empresa!
(Bellerose assoma ao procênio e saúda).

OS CAMAROTES Ah! Bellerose! Ouvi-o!

BELLEROSE, *com elegância*
Nobres...

A PLATEIA Não! Jodelet!

JODELET, *chega e, fanhoso,*
Tolos! Súcia de parvos!

A PLATEIA Ah! Bravo! Muito bem!

JODELET Psiu! Não quero escutar-vos.
O artista, que adorais por ter enorme o ventre,
Sentiu-se...

A PLATEIA Ele é poltrão.

JODELET Saiu para...

A PLATEIA Pois entre!

UNS Não!

OUTROS Sim!

UM RAPAZOLA, *a Cyrano*
Mas, afinal, senhor, por que razão
Odiais a Montfleury?

CYRANO, *gracioso, saudando*
Meu jovem toleirão,
Tenho duas razões: e cada qual mais forte:

Primo: ser ele um pulha, artista de má-morte,
Que entrecorta com hans de estúpido aguadeiro
O verbo alado — o verso — e o torna prisioneiro;
Secundo: isso é comigo.

O VELHO BURGUÊS, *por trás dele*
E vós, por um capricho,
Perturbais a *Clorisa!* insisto...

CYRANO, *voltando-se para ele respeitosamente*
Velho bicho,
Como o triste Baro faz péssima poesia,
Perturbo-a sem remorso!

AS PRECIOSAS, *nos camarotes*
Ah! Deuses! Que heresia!
— Nosso Baro, querida! — Horror!

CYRANO, *voltando a cadeira para os camarotes, com galanteria*
Formosas Febes!
Florescei, rutilai! Sede as modernas Hebes
Do sonho! A morte fuja a um riso que nos deis!
Inspirai-nos canções. Porém... não nas julgueis!

BELLEROSE E as entradas, agora, a devolver! Que aperto!

CYRANO, *voltando a cadeira para a cena*
Bellerose, só tu discorres com acerto.
Téspis nunca dirá que eu lhe rompesse o manto.
(Ergue-se e, atirando uma bolsa para a cena, diz)
Achareis nessa bolsa o que vos seque o pranto.

A SALA, *deslumbrada*
Ah! Oh!

JODELET, *apanhando, lesto, a bolsa e sopesando-o*
Fazendo assim, terás a liberdade
De impedir a *Clorisa* as vezes que te agrade.

A SALA Fora!

JODELET Sofrendo eu, mesmo, estúpidos apodos.

BELLEROSE, *polido*
Peço que evacueis a sala ...

JODELET, *violento*

Saí todos!

(Começa o público a retirar-se, ao passo que Cyrano olha satisfeito. Mas a multidão pára, ouvindo a cena seguinte, e deixa de sair. As senhoras que nos camarotes já estavam de pé e de capa traçada, Param para ouvir, e acabam por sentar-se).

LE BRET, *a Cyrano*

És louco!

UM IMPORTUNO, *que se aproximou de Cyrano*

E não temeis que o fato dê na vista
O duque de Candale é protetor do artista!
E vós, tendes algum?

CYRANO Não.

O IMPORTUNO Quê! Não tendes?

CYRANO Não.

O IMPORTUNO Não tendes protetor? Não tendes proteção!?

CYRANO, *aborrecido*

Já vos disse uma vez, e duas! Vá terceira:
Não! Não tenho patrão. . .
(Leva a mão à espada)
. . . mas tenho padroeira!

O IMPORTUNO Mas tereis de fugir, parece-me.

CYRANO Duvido.

O IMPORTUNO Mas o braço do Duque é longo!

CYRANO Mais comprido
Fica o meu. . .
(Mostra a espada).
se eu quiser apor-lhe um suplemento.

O IMPORTUNO Mas nunca intentareis, suponho. . .

CYRANO Pois intento!

O IMPORTUNO Mas...

CYRANO Retirai-vos!

O IMPORTUNO Mas...

CYRANO Deixai-me! Não me ouvis?
— Ou dizei-me por que fitais o meu nariz?

O IMPORTUNO, *atônito*

Eu. . .

CYRANO, *crescendo para ele*

Que terá de mais?

O IMPORTUNO, *recuando*

Vossa Graça enganou-se.

CYRANO, *como acima*

Será bambo, senhor? Ou pende, qual se fosse
Uma tromba?

O IMPORTUNO, *recuando*

CYRANO Será um bico de coruja?

O IMPORTUNO Eu não...

CYRANO Terá na ponta uma verruga suja?

O IMPORTUNO Oh! Mas...

CYRANO Anda-lhe mosca em cima? Será torto?
Que tem ele?

O IMPORTUNO Oh! Mas. . .

CYRANO — Hem? Terá feições de aborto?

O IMPORTUNO Mas nem sequer o olhei: nem tive esse desejo.

CYRANO E por que não, senhor? Por que todo esse pejo?

O IMPORTUNO Eu não...

CYRANO Causa-vos nojo?

O IMPORTUNO Ouvi...

CYRANO Tem cor terrena
Ou mórbida?

O IMPORTUNO Senhor...

CYRANO Ou tem a forma obscena?

O IMPORTUNO Pelo contrário. . .

CYRANO Então, por que essa antipatia?
Será ele talvez maior do que devia?

O IMPORTUNO, *balbuciante*

Eu?!... Acho-o pequenino. . . impalpável. . .
[minúsculo.

CYRANO Hem! Semelhante insulto ao meu garboso músculo?!
Pequeno, o meu nariz!

O IMPORTUNO — Céus!

CYRANO — Alto! Alevantado!
— Nariz chato, rombudo, arríneo, desnasado,
Sabei que eu tenho orgulho em semelhante apêndice!
Pois, de ter nariz grande um cavalheiro, entende-se
Que ele é bravo, polido, afável, liberal,
Espirituoso e bom, tal qual eu sou, e tal
Qual vos é, vil maroto, ilícito vos crerdes!
Essa cara, a que o medo empresta cores verdes,
E esta mão vai buscar acima desse papo,
É tão falta...
(Dá-lhe uma bofetada)

O IMPORTUNO — Ai!

CYRANO — . . . de brio e sentimento guapo,
De pompa, de saúde e cor amena e clara,
De nariz, afinal, como aqueloutra cara. . .
(Volta-o pelos ombros, juntando o gesto à Palavra).
Que esta bota vos beija abaixo dos quadris.

O IMPORTUNO, *safando-se*
Ó da guarda! Socorro!

CYRANO — Aviso aos imbecis
Que acharem de que rir no meio de meu rosto:
Se o risote é fidalgo, é meu costume e gosto
Fazer-lhe penetrar, em paga ao desaforo,
Acima, e pela frente, — um ferro, em vez de couro.

DE GUICHE, *que desceu para a plateia com os Marqueses*
Ele abusa de nós!

VALVERT, *encolhendo os ombros*
Um gabarola! Um tolo!

DE GUICHE — Mas ninguém se lhe opõe?

VALVERT — Vou eu! Mas hei de expô-lo
Ao ridículo atroz e provocá-lo até!
(Caminha para Cyrano, que o observa, pondo-se diante dele com ares fátuos).
Vós... tendes um nariz... grande... um nariz...

CYRANO, *gravemente*

É.

VALVERT, *rindo*

CYRANO, *imperturbável*

Só?

VALVERT Mas. . .

CYRANO Isso é breve e não tem graça alguma.
Poder-se-ia dizer. . . mas tanta coisa, em suma!...
Variando o tom de voz. . . assim: dai-me atenção:

AGRESSIVO: "Senhor, tamanho narigão
Fosse meu, que, sem dó, lhe apararia o topo!"

CORTÊS: "Esse nariz mergulha-vos no copo:
Usai dum canjirão para beber melhor."

DESCRITIVO: "É rochedo! É cabo! Inda é maior:
É promontório!É mais: é o Novo Continente!"

CURIOSO: "De que serve essa vasilha ingente?
Servirão de tinteiro os âmbitos nasais?"

GRACIOSO: "Tanto afeto às aves dedicais,
Que dess'arte busqueis, benévolo e fagueiro,
Aos delicados pés ceder-lhes um poleiro?"

TRUCULENTO: " Senhor, se vós vos distraís
A fumar, e lançais vapores do nariz,
O vizinho não crê que a chaminé vos arde?"

PREVIDENTE: "Cuidado! O crânio que se guarde:
Esse peso é capaz de dar-lhe um trambolhão!"

TERNO: "Plantai-lhe em cima um toldo, um pavilhão:
Do contrário, talvez a luz do sol empane-o."

PEDANTE: "Só o monstro, o monstro Aristofâneo,
— Hipocampelefantocamelo — afinal,
Teve tão volumoso o apêndice nasal."

CAVALHEIRO: "Isso é gancho ao derradeiro gosto?
Pendurai-lhe um chapéu, que ficará bem posto!"

EMPOLADO: "Que vento, exceto algum pampeiro,
Poderá, ó nariz, te constipar inteiro?"

TRÁGICO: "É o Mar Vermelho o teu sanguíneo jato!"

PASMADO: "É um chamariz para vendedor de extrato."
LÍRICO: "É a vossa concha, ó Filho de Anfitrite?
INGÊNUO: "É um monumento! A entrada se permite?"
RESPEITOSO: "Deixai saudar-vos a eminência:
Vale um bem-de-raiz tamanha saliência."
LAPUZ: "Virgem Maria! Isso é nariz de sobra:
Estou que há de ser couve, ou que há de ser abóbora."
BELICOSO: "Apontar! Passa a cavalaria!"
PRÁTICO: "Se o meteis em rifa ou loteria,
Vai ser a sorte grande, a *bruta*, certamente."
Enfim, parodiando a Píramo plangente:
"Eis o nariz fatal, que aos traços do senhor
A harmonia desfez! E cora de pudor!"
Meu caro, eis o que vós diríeis, a contento,
Se pudésseis dispor de letras e talento.
Mas, de talento, vós, tristíssimo enxovedo,
Nunca tivestes sombra, ou simples arremedo.
E de letras, somente as da palavra TOLO!
Mas tivésseis, embora, um pouco de miolo,
Para poderdes vir, perante este auditório,
Um gracejo dizer, tornando-me irrisório, —
Que não terieis dito um quarto de metade
Do começo dum só; — pois, a falar verdade,
A mim mesmo eu permito uma pilhéria boa:
Mas não permitirei dizer-ma outra pessoa.

DE GUICHE, *querendo arrastar Valvert petrificado*
Visconde! Deixai lá . . .

VALVERT, *sufocado*
Que audácias inauditas!
Um farroupilha, até sem luvas e sem fitas!
Não ter um alamar, e ter essa arrogância!

CYRANO Somente no moral se vê minha elegância.
Enfeitar-me não sei; nem dou para casquilho.
Julgo estar muito bem, não sendo peralvilho.
— O que eu não faço nunca é, fraco e por incúria,

Sair sem lavar bem a recebida injúria,
Trazer o pundonor ébrio de sono e vinho,
Ter os brios de luto e a honra em desalinho!
Ando, sem nada ter que pela cor agrade,
Emplumado de orgulho e garbo e liberdade;
Se não prendo a cintura esbelta num corpete
A vergonha ajustou minh'alma num colete.
São-me os feitos e ações as fitas que apresento;
Qual bigode gentil, retorço o meu talento;
Faço, por onde vou, tornando-as bem sonoras,
As verdades vibrar como tlintlins de esporas!

VALVERT Mas, senhor...

CYRANO Estar eu sem luvas! Engraçado!
Restava-me uma só, dum par muito surrado...
Essa mesma, afinal, causava-me desgosto:
Deixei-a por aí ficar ... em qualquer rosto.

VALVERT Patife! Bruto! Vil! Ridículo! Magano!
Insolentaço!

CYRANO, *tirando o chapéu e saudando,*
como se o visconde se tivesse apresentado
Ah! — E eu, Cyrano Saviniano,
Barão de Bergerac.
(Risadas).

VALVERT Palhaço!

CYRANO, *dando um grito como quem tem uma cãibra*
Ai!

VALVERT, *que subia, volta*
Porém, fala!

CYRANO, *com trejeitos de dor*
Ai! Que ela se entorpece, e cumpre-me agitá-la:
É porque há muito tempo está desocupada.
Ai! Ai!

VALVERT, *interessando-se no sofrimento de Cyrano*
Que tendes vós?

CYRANO São cócegas na espada.

VALVERT, *Puxando da sua*

Seja!

CYRANO Eu vos vou servir um golpe de mão cheia.

VALVERT, *desdenhoso*

Um poeta!

CYRANO Sim, senhor: — um poeta, — e de tal veia,
Que durante o combate e sem largar a espada,
De improviso estarei compondo uma balada.

VALVERT Balada?

CYRANO Não sabeis que vem a ser?

VALVERT Porém. . .

CYRANO, *como quem recita uma lição*

Balada é uma vulgar composição que tem
Três oitavas. . .

VALVERT, *batendo com um pé, impaciente*

Oh!

CYRANO, *continuando*

. . . mais a oferta, num quarteto,

VALVERT Vós...

CYRANO Eu: faço-vos uma, e bato-me; prometo
Que no verso final tocar-vos-ei

VALVERT Não!

CYRANO Não?

(Declamando)

"Balada que compôs no Paço Borguinhão"
"Cyrano Bergerac em luta c'um bandalho."

VALVERT, *furioso*

E que vem a ser isso, agora?

CYRANO, *calmo*

O cabeçalho.

A SALA, *sobreexcitada ao mais alto ponto*

— Bravo! Leva rumor! Sentai-vos! Atendei!

*(Quadro. — Círculo de curiosos na plateia;
os marqueses e oficiais misturados com os burgueses
e pessoas do povo, trepados aos ombros, para verem*

melhor. — Todas as senhoras de pé nos camarotes. À direita, De Guiche e os seus fidalgos; e Le Bret, Ragueneau, Cuigy, etc.)

CYRANO, *fechando os olhos*

Deixai-me procurar as rimas... Pronto! Achei!

(Vai dizendo e fazendo).

Com graça o meu feltro arrojo
E, lentamente e gentil,
Deste manto me despojo
E arranco do ferro hostil.
Céladon, — no porte heril
Com destreza eu me desloco;
E vos previno, imbecil,
Que ao fim da quadra vos toco.

(Primeiros embates dos ferros).

Mas o ferro onde é que alojo?
Será no vosso quadril?
Ou no peito, em que me enojo
De ver a fita de anil?
— Tlinta-me a espada febril;
Gira a ponta como um floco...
É no bandulho servil
Que ao fim da quadra vos toco.
Preciso de rima em ojo:
Vós me atacais incivil?
Lembrais-me o grosseiro tojo!
Tac! Eu vejo o vosso ardil
E paro o bote, reptil;
Abro a linha, cubro o foco.
Voltai, rafeiro, ao canil,
Que ao fim da quadra vos toco.

(Anuncia solenemente).

OFERTA De vida tendes um til:
Por vós os santos invoco!

Príncipe, adeus!
(Ferindo)
Morte ao vil!
(Valvert cambaleia; Cyrano saúda).
Ao fim da quadra eu vos toco.
(Aclamações, aplausos nos camarotes.
Flores e lenços que vêm de cima. Os oficiais rodeiam
e felicitam Cyrano. Ragueneau dança de júbilo.
Le Bret está radiante e compungido. Os amigos do
Visconde de Valvert amparam-no e levam-no).

A MULTIDÃO, *num grito prolongado*
Ah!

UM SOLDADO Soberbo!

UM MARQUÊS Sem par!

RAGUENEAU Sesquipedal!

UMA SENHORA Bonito!

LE BRET Que louco!

A MULTIDÃO, *porfiando por chegar perto de Cyrano*
(Ouve-se).
Parabéns... bravura... felicito...

VOZ DE MULHER Que bravo!

UM MOSQUETEIRO, *avançando vivamente para*
Cyrano e apertando-lhe a mão
Permite — se não vos desagrado!
Foi um belo combate, — e nisto eu sou versado...
Aplaudi-vos, senhor, com todo o meu afã.
(Afasta-se).

CYRANO, *a Cuigy*
Sabeis como se chama este homem?

CUIGY D'Artagnan.

LE BRET, *a Cyrano, tomando-lhe o braço*
Escuta-me.

CYRANO Não já. Deixa que o povo saia.
(A Bellerose).
Posso ficar?

BELLEROSE, *atencioso*

Pois não!?

(Gritos fora).

JODELET, *que foi ver*

É Montfleury: que vaia!

BELLEROSE, *solene*

"Sic transit!"

(Mudando de tom, ao Porteiro e ao acendedor).

Varre a sala! E deixa as luzes! Temos
De ir à casa jantar. Na volta ensaiaremos
A peça de amanhã, mas. . . outra, já se vê.

(Jodelet e Bellerose saem depois de terem feito grandes cumprimentos a Cyrano).

O PORTEIRO, *a Cyrano*

Vós... não ides jantar?

CYRANO Eu?... Não!

(O porteiro afasta-se).

LE BRET Por quê?

CYRANO, *aflito*

Porque. . .

(Noutro tom, depois que o Porteiro se tem afastado).

. . . Não tenho mais dinheiro!

LE BRET, fazendo o gesto de atirar uma bolsa

Então, essa quantia. . .

CYRANO O pensão paternal, que só duraste um dia!

LE BRET E vais passar o mês de um modo. . .

CYRANO Bem modesto.

LE BRET Lançar dinheiro assim, que estolidez!

CYRANO Que gesto!

A BOTEQUINEIRA, *tossindo por trás do balcão*

Hum!

(Cyrano e Le Bret voltam-se; ela sorri para eles, acanhada).

Ver-vos em jejum, senhor, me causa pena:

(Mostrando o buffet),

Podeis dispor de tudo que ali está.

CYRANO, *descobrindo-se*

Pequena,
Bem que a minha altivez de filho da Gasconha,
Não aceitar de vós seja o que for — me imponha,
Não vos quero ofender com semelhante pago.
Portanto aceitarei. . .
(Vai ao buffet e escolhe).
oh! quase nada: — um bago
Destas uvas . . .
(Ela quer dar-lhe um cacho: ele recusa e tira uma uva. Ela quer servir-lhe vinho; ele a detém).
Um só! E um copo d'água. . . pura!
— E. . . meio maccarroni!
(Restitui-lhe a outra metade).

LE BRET Que estúpida loucura!

A BOTEQUINEIRA Mais nada?

CYRANO A vossa mão e . . e graça de beijá-la!
(Beija-lhe a mão como se fosse a de uma princesa).

A BOTEQUINEIRA Obrigada, senhor.
(Faz uma reverência).
Às vossas ordens.
(Sai).

CENA V

CYRANO, LE BRET, *depois o* PORTEIRO

CYRANO, *a Le Bret*

Fala.

(Instala-se diante do buffet, colocando ante si o maccarroni).

Jantar. . .

(... o copo d'água)

Bebida. . .

(. . .a uva)

Fruta. . . estou à mesa. . . Pronto!

Ah! Meu caro Le Bret! Que fome! Nem te conto!

(Comendo).

Dizes...

LE BRET Que esses brigões de modos atrevidos

Te perdem, se te pões a lhes prestar ouvidos.

— Ouve a gente sensata, e pede que te informe

Qual o efeito que teve o teu descoco. . .

CYRANO, *acabando o maccarroni*

Enorme!

LE BRET Richelieu. . .

CYRANO, *com o rosto expandido*

E ele estava, o célebre cardeal?

LE BRET Julgou isso talvez . . .

CYRANO Oh! muito original!

LE BRET Contudo. . .

CYRANO Ele é autor. É justo que lhe agrade

Ver alguém perturbar a peça dum confrade.

LE BRET Quantas desafeições atrais para teu lado!

CYRANO, *encetando a uva*

Sim? Quantas julgas tu que eu tenha conquistado?

LE BRET, *medindo as Palavras*

Quarenta e oito, — afora as damas. . .

CYRANO Principia. . .

LE BRET Montfleury, o burguês, Baro, a Academia,
De Guiche, De Valvert. . .

CYRANO, *radiante*
Basta!... Não contes mais!...

LE BRET Mas onde queres ir do modo por que vais?
Que sistema, esse teu?

CYRANO Cumpria decidir-me
Por um passo qualquer, urgente, sério e firme:
Escolhi

LE BRET Qual?

CYRANO Um só; mais simples do que todos:
Celebrizar-me em tudo e por diversos modos.

LE BRET, *encolhendo os ombros*
Seja! Mas a razão desse ódio não pequeno
Que tens a Montfleury? Sê franco!

CYRANO O tal Sileno,
Pançudo, a não poder tocar no próprio umbigo,
Dá-se a conquistador e julga-se um perigo;
E, em cena, a gaguejar e a mastigar estopa,
Sobre as damas requebra os olhos de garoupa.
Detesto-o, desde que ele ousou, num certo dia,
Fitar aquela. . . Horror! Parece-me que via
Deslizar numa rosa um caracol infame.

LE BRET, *estupefato*
Hem? Que dizes? É sério? Isso é real?

CYRANO, *com um sorriso triste*
Que eu ame?
(Noutro tono gravemente).
Amo.

LE BRETE E pode saber-se? E nunca me disseste. . .

CYRANO A quem amo?. . . Pondera: essa ilusão celeste
De ser amado, até pela mulher mais feia,

	Veda-me este nariz que marcha légua e meia
	Ante mim. Pois adoro... a qual? — Adoro aquela
	Adoro — já se vê — de todas a mais bela.
LE BRET	A mais bela?
CYRANO	E gentil que a luz dos astros doura; A mais graciosa, a mais esplêndida...
	(Com acabrunhamento).
	... a mais loura!
LE BRET	Ah! meu Deus! Quem será tal fênix?
CYRANO	Um feitiço.
	Mortal sem querer ser, fatal sem dar por isso;
	Uma rosa de abril, dulcíssima cilada
	Onde se oculta o amor e faz uma emboscada.
	Quem quer que a viu sorrir, tem visto o que é perfeito.
	Nela tudo tem graça: o olhar, o menor jeito:
	Os movimentos seus. Em tudo ela é divina.
	E Vênus, ao subir à concha nacarina,
	E Diana, percorrendo o bosque secular,
	Invejam-lhe o donaire e o modo de pisar.
LE BRET	Caspité! Percebi! É claro!
CYRANO	É transparente!
LE BRET	Madalena Robin!
CYRANO	Roxana, justamente!
LE BRET	Amas? É o caso então de logo o declarares,
	Hoje, que te elevaste em glória, aos seus olhares.
CYRANO	Repara em mim, Le Bret! Repara a que distância
	Me deixa da ventura esta protuberância!
	Oh! Não tenho ilusões! Contudo, reconheço
	Que, numa tarde azul, às vezes me enterneço;
	Entro nalgum jardim que o tempo aromatiza:
	O meu nariz fareja abril que se matiza.
	Sob um raio argentino, o meu tristonho olhar
	Segue um casal feliz. E ponho-me a pensar
	Que essa faixa de lua etérea me convida
	A levar pelo braço uma mulher querida.

Eu me exalto... eu me esqueço... e, quando menos
[penso,
Vejo, em sombra, no muro, o meu nariz imenso!

LE BRET, *comovido*
Meu amigo!

CYRANO Já vês: eu tenho tristes horas, Ah!
Sentir-me tão feio e tão sozinho...

LE BRET, *tomando-lhe as mãos com vivacidade*
Choras?

CYRANO Chorar! Nunca! Há de ser medonho este cariz
Se o pranto me correr por cima do nariz.
Não deixarei jamais — embora a dor disfarce —
O divino esplendor das lágrimas juntar-se
A tal deformidade! A lágrima sincera
É tudo o que há de mais sublime. Eu não quisera
Que excitando ao motejo a pérola magoada
Fosse uma só, por mim ridicularizada.

LE BRET Não te aflijas! O amor é mero acaso!

CYRANO, *abanando a cabeça*
Qual!
A Cleópatra eu amo: — a César sou igual?
Adoro a Berenice: — a Tito me assemelho?

LE BRET Tens no valor moral o teu melhor espelho.
Essa pobre mulher que, há pouco, te servia
Nos olhos te mostrou profunda simpatia.

CYRANO, *abalado*
É fato.

LE BRET Pois então? — Roxana, a cada instante
Da luta, mais ficava ofegante!

CYRANO Ofegante?

LE BRET Ela está predisposta: o coração mo diz.
Fala-lhe, a fim de que...

CYRANO Ria no meu nariz?
Não! Semelhante horror meu ânimo o não vence!

O PORTEIRO, *introduzindo alguém*

(A Cyrano)

Procuram-vos.

CYRANO, *vendo a aia*

Meu Deus! Alguém que lhe pertence!

CENA VI

CYRANO, LE BRET, A AIA

A AIA, *com uma grande mesura*
De seu primo — esse herói — deseja-se saber
Um bom meio de o ver.

CYRANO, *perturbado*
De me ver!

A AIA, *com uma reverência*
De vos ver!
Certo segredo...

CYRANO Quê? Certo...

A AIA, *com um salamaleque*
Certo segredo...

CYRANO, *titubeante*
Ah! Meu Deus!

A AIA Amanhã, logo de manhã cedo,
Iremos ouvir missa.

CYRANO, *apoiando-se em Le Bret*
Ah! Meu Deus!

A AIA Logo após,
Onde se pode entrar e conversar a sós?

CYRANO Onde?... Ah! Meu Deus!

A AIA Dizei!

CYRANO Mas não me ocorre agora.

A AIA Porém...

CYRANO No Ragueneau... é um pasteleiro ...

A AIA Mora...?

CYRANO Mora... à rua... Oh! Meu Deus! Meu Deus!...
[Santo Honorato.

A AIA Sete horas! Não falteis!

CYRANO Farei por ser exato.
(A aia sai).

CENA VII

CYRANO, LE BRET, *depois os* COMEDIANTES, AS COMEDIANTAS, CUIGY, BRISSAILLE, LIGNIÊRE, O PORTEIRO, OS VIOLINOS, OS OFICIAIS

CYRANO, *caindo nos braços de Le Bret*
Eu!... Dela! . . . Uma entrevista!
LE BRET E agora, o teu protesto?
CYRANO Ela sabe que eu vivo! O que me importa o resto?
LE BRET Dora avante hás de ser mais calmo. . .
CYRANO, *fora de si*
Dora avante
É que vou ser feroz, furioso, fulminante;
Não basta um contendor: de exércitos preciso!
Sinto-me um Briareu. Na luta, já não viso
Desbaratar anões. . .
(Gritando).
. . . careço de Golias!
(Há momentos, no palco falso, ao F., agitam-se e cochicham sombras de comediantes; tem-se começado a ensaiar. Os violinos têm tomado os seus lugares).
UMA voz, *do palco*
Estamos a ensaiar: nada de gritarias!
CYRANO, *rindo*
Vamos!
(Vai a sair; pela porta do F. entram Cuigy, Brissaille, vários oficiais sustentando Lignière completamente ébrio).
CUIGY Cyrano?
CYRANO O que há?
CUIGY Um Pássaro ferido
Que te trazem,

CYRANO, *reconhecendo*

Lignière! — O que teria sido?

CUIGY Busca-te.

BRISSAILLE Para entrar em casa.

CYRANO Como assim?

LIGNIÈRE, *com a voz Pastosa: mostrando um bilhete amarrotado*

Este bilhete. . . diz... "cem homens contra mim"
Por causa da canção. . . perigo me ameaça. . .
Porta de Nesle... E a ir . . . por lá é que se passa.
Empresta-me agasalho. . . ou dormirei na rua.

CYRANO Cem homens!? Numa casa hás de dormir: na tua.

LIGNIÈRE, espantado

Mas. . .

CYRANO, *com a voz terrível, mostrando a lanterna que o porteiro balança escutando esta curiosa cena*

Toma essa lanterna!
(Lignière apodera-se logo da lanterna).
E marcha bem direito! Juro-te que esta noite hei
de fazer-te o leito.
(Aos oficiais).
Vos — segui-me de longe, e assistireis melhor.

CUIGY Mas... cem!

CYRANO Hoje, não quero um número menor!
(Os comediantes, homens e mulheres, descem do
palco e aproximam-se com os seus variados trajos).

LE BRET Mas por que proteger. . .

CYRANO Já está Le Bret zangado.

LE BRET Um bêbedo vulgar. . .

CYRANO Porque este desgraçado,
Este tonel de vinho, este odre de aguardente
Fez um dia uma cousa heroica e surpreendente:
Ao sair de uma igreja e vendo a namorada
Mergulhar n'água benta a destra delicada,
Ele, que foge d'água — ergueu-se até à beira
Da pia, e se inclinou, bebendo-a toda, inteira.

UMA COMEDIANTA, *em trajo de florista*

Sem dúvida é gentil!

CYRANO Não crês assim, florista?

A COMEDIANTA, *aos outros*

Cem homens contra um só! E um pobre cancionista!

CYRANO Marchemos!

(Aos oficiais).

Quando vós me virdes atacar,

Não quero, haja o que houver, ninguém p'ra me ajudar.

OUTRA COMEDIANTA, *saltando do palco*

Ora! Eu também vou ver!

CYRANO Vinde!

OUTRA, *dirigindo-se a um velho ator*

Tu vens, Cassandro?

CYRANO Vinde! Venha o doutor! Venha Isabel . . . Leandro. . .

Todos!

E enxertareis, ó turba alegre, insana,

Neste drama espanhol a farsa italiana!

E, ao ribombo, rompendo em ruido alviçareiro,

Ajuntai-lhe o tlintar dos guizos do pandeiro!

TODAS AS MULHERES, *saltando de alegria*

Bravo! — Uma capa! — Um chale! — Uma mantilha!

JODELET Vamos!

CYRANO, *aos violinos*

Vós — tocareis uma ária, enquanto nós marchamos.

(Os violinos incorporam-se no cortejo que se forma.
Apoderam-se das lanternas da ribalta e
distribuem-nas. É um Préstito à luz de archotes).

Ah! Bravo! Oficiais! E damas! Tudo, em suma!

E, a vinte passos, eu . . .

(Coloca-se como diz).

... na frente, sob a pluma

Que me plantou no feltro a glória intemerata:

— Altivo Cipião, Nasica em triplicata!

Já sabeis! É vedado o auxílio: pouco importa
O perigo... Um... dois . . . três! Porteiro! abre essa
[porta!
(O Porteiro obedece. Aparece uma nesga lunar do velho Paris Pitoresco).
Ah! Paris esmaece ao tom dos céus nublados!
Banha a lua o pendor dos tetos azulados!
Prepara-se pomposo o quadro desta cena:
Sob a charpa da névoa — ao longe, o largo Sena
— Espelho de cristal, fantástico, a luzir —
Treme. . . E haveis de assistir. . . ao que haveis de
[assistir!

TODOS Eia! A Porta de Nesle!

CYRANO, *de pé no limiar*
Eia! À Porta de Nesle!
(Volta-se para a florista).
Minha flor, a razão quereis que vos revele
De haver cem homens contra um pobre trovador?
(Puxa da espada e, tranquilamente)
É que ele é meu amigo; e sabem meu valor!
(Sai. O Cortejo — Lignière fazendo ziguezagues na frente, depois as comediantas de braço com os oficiais, em seguida os comediantes fazendo Piruetas, — põe-se em marcha, ao som dos violinos e ao claro fátuo das velas).
(CAI O PANO)

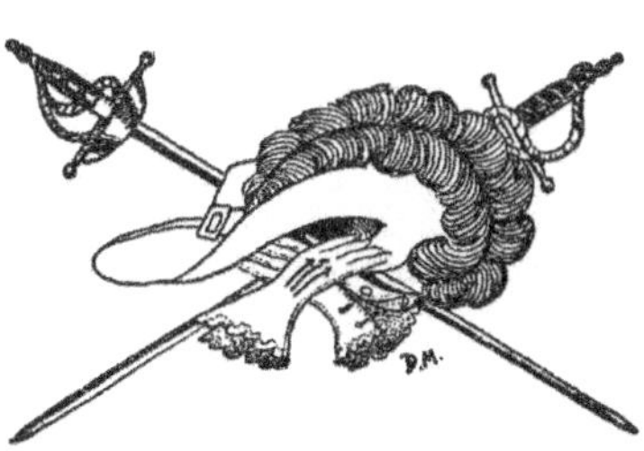

Segundo Ato

SEGUNDO ATO

A PASTELARIA DOS POETAS

O estabelecimento de Ragueneau, pasteleiro, vasta confeitaria na esquina das ruas Santo Honorato e da Amore Seca; estas ruas aparecem ao F., fuscas aos primeiros alvores da manhã.

À E., 1.º balcão encimado de dossel de ferro, do qual estão pendurados patos, adens, pavões brancos. Em enormes jarras de faiança, grandes ramalhetes de flores vulgares, principalmente girassóis amarelos. Do mesmo lado, 2.º plano, imenso fogão, diante do qual, entre monstruosos cachorros, sustentando cada um sua marmita, lacrimejam os assados dentro dos pingadouros.

À D., 1.º plano, uma porta. No 2.º plano, escada que sobe para uma saleta num desvão; vê-se o interior da saleta pelas janelas abertas; está ali posta uma mesa, por cima da qual brilha um pequeno lustre flamengo: é um reservado, onde se come e bebe. Uma galeria de madeira em seguimento à escada parece encaminhar a outras saletas análogas.

No meio da pastelaria, círculo de ferro suspenso que se pode baixar por uma corda e onde estão penduradas volumosas peças de víveres, formando uma suspensão de caça morta.

Esbraseiam os fornos, sob a escada na sombra. Os bronzes cintilam. Giram espetos. Piramidam grandes peças preparadas. Pendem presuntos. É a lufa-lufa matutina. Encontrões de bichos de cozinha apressurados, de enormes cozinheiros rotundos e de minúsculos quebra-louças.

Enxameiam na sala gorros com penas de frangos ou com asas de galinhas de Angola.

Em chapas de ferro e em tabuleiros de vime veem-se xadrezes de bolo sovado e aldeias de confeitaria.

Cobrem as mesas bolos e travessas. Outras mesas cercadas de cadeiras esperam os fregueses. Uma mesita, a um canto, desaparece sob a ruma dos papéis. A ela está amesendado, a escrever, o dono da casa, Ragueneau, quando se ergue o pano.

CENA I

RAGUENEAU, PASTELEIROS, *após eles* LISE;
Ragueneau à mesita, escrevendo com ar inspirado e contando pelos dedos

PRIMEIRO PASTELEIRO,	*trazendo um prato* Bolo de amêndoa!
SEGUNDO PASTELEIRO,	*idem* Creme!
TERCEIRO PASTELEIRO,	*idem* Adem!
QUARTO PASTELEIRO,	*idem* Trufas!
QUINTO PASTELEIRO,	*idem* Empada!
RAGUENEAU,	*deixando de escrever e erguendo a cabeça* No bronze do balcão desliza a luz dourada! Ragueneau, põe de parte o gênio que te inspira! Chega a hora do forno, — afaste-se a da lira! (*Ergue-se. — A um cozinheiro).* Ponde um pouco de sal neste pastel de nata!
O COZINHEIRO	Sal?!
RAGUENEAU	Ático. *(Pausa).*
O COZINHEIRO	Hem?
PRIMEIRO PASTELEIRO	Pudim!
SEGUNDO PASTELEIRO	Recheio de batata!
RAGUENEAU,	*em frente do fogão* Musa! teu doce olhar tão cego aqui não venha, Que não fique vermelho ao fogo desta lenha! *(A um pasteleiro, mostrando-lhe uns pãezinhos).* Nestes pães, não está bem no meio a comissura: — Hemistíquios iguais, e, entre eles, a censura.

(A outro, mostrando-lhe um pastelão por concluir).
Esta casa em pastel precisa de telhado.
(A um aprendiz que, sentado no chão,
vira as aves num espeto).
Tu, que fazes girar no espeto, sossegado,
O peru corpulento e o frango pequenino,
Arremeda a Malherbe: alterna-os, ó menino,
Como ele aos versos fez; — os grandes co'os pequenos:
Faze girar ao fogo o assado, em belos trenos.

OUTRO APRENDIZ, *trazendo um prato coberto com um guardanapo*
Mestre, um mimo pr'a vós; mandei-o assar na pira.
Julgo ser-vos, com isso, amável.

RAGUENEAU, *levantando o guardanapo e deslumbrado*
Uma lira!

O APRENDIZ É de brioche!

RAGUENEAU, *comovido*
Sim! Com frutas ao redor!

O APRENDIZ As cordas fí-las eu de açúcar, do melhor.

RAGUENEAU, *dando-lhe dinheiro*
Toma, isto é teu!
(Vendo Lise, que entra)
Chitom! Minha mulher! Disfarças
E guarda esse dinheiro!
(A Lise, meio-acanhado, mostrando a lira).
Hem, que ideia!

LISE, *desdenhosa*
Que farsa!
(Coloca no balcão uma pilha de sacos de Papel).

RAGUENEAU Sacos!... Bem! Obrigado!
(Examina-os).
Ah! Céus! Os lindos versos
Dos bons amigos meus, — rasgados e dispersos,
Para deles fazer embrulhos humilhantes!
Vós renovais, senhora, Orfeu mais as bacantes!

LISE, *secamente*
E não devo tirar ao menos um provento
Do que me deixam cá por triste pagamento
Os escritores maus de linhas desiguais?

RAGUENEAU Formiga, que ofendeis cigarras divinais!

LISE Antes que se lhes desse'ouvidos à cantiga,
Nunca se me chamou bacante, — nem formiga!

RAGUENEAU Fazer dos versos... isto?

LISE E há coisa mais rendosa?

RAGUENEAU Nesse caso, senhora, o que fareis da prosa?

CENA II

OS MESMOS, DOIS MENINOS

Bebés, que desejais!

PRIMEIRO MENINO — Três tortas.

RAGUENEAU, *servindo-o*

Aqui'stão:

Louras... quentes...

SEGUNDO MENINO — Podeis embrulhá-las?

RAGUENEAU — Pois não?!

Lá vai um saco! Ai Deus!

(Aos meninos).

Que embrulhe os pastelinhos?

(Pega num saco e, quando lhe vai meter os pastéis, lê).

"Penélope a chorar d' Ulisses os carinhos... "

(Fala).

Este não.

(Põe-no de parte e pega noutro;

e ao meter-lhe os pastéis, lê).

"Louro Febo..."

(Fala).

Este não.

(Como acima).

LISE, *impaciente*

Que maçada!

Que é que estais esperando; hem?

RAGUENEAU — Nada, nada, *nadar*

(Resigna-se; toma terceiro saco).

O madrigal de Inês! Poesia tão seleta!

LISE — Ora, até que afinal se resolveu!

(Encolhendo os ombros)

Pateta!

(Sobe a uma cadeira e começa a pôr em ordem os pratos num aparador).

RAGUENEAU, *aproveitando o estar ela de costas*

Psiu! Bebés! Dai-me agora o madrigal de Inês,
Que além dos três pastéis eu vos darei mais três.

(Os meninos restituem-lhe o saco, pegam vivamente nos pastéis e saem. Ragueneau alisa o papel e põe-se a ler declamando).

"Inês!"

(Fala).

Sobre este nome um pingo de gordura!
"Inês!"

CENA III

RAGUENEAU, LISE, CYRANO, *depois* o MOSQUETEIRO

CYRANO Que horas são?

RAGUENEAU, *cumprimentando efusivamente*
Seis.

CYRANO, *com emoção*
Ainda! Que tortura!
(Passeia de um lado para o outro).

RAGUENEAU, *seguindo-o*
Bravo! Eu lá vi!

CYRANO O quê?

RAGUENEAU Vosso combate.

CYRANO Qual?

RAGUENEAU O do Paço.

CYRANO, *com indiferença*
Ah! o duelo. . .

RAGUENEAU, *admirativo*
Enorme! Obeliscal!
Um duelo em verso!

LISE, *a Cyrano*
Almoça e janta e ceia o duelo.

CYRANO Melhor!

RAGUENEAU, *esgrimindo com um espeto em que pegou*
"Ao fim da quadra eu toco!"
Ai! Céus! Que belo!
"Ao fim da quadra eu toco. . ."
E as rimas que ele achou!
(Com entusiasmo crescente).
"Ao fim da quadra eu vos. . ."

CYRANO As horas, Ragueneau?

RAGUENEAU, *interrompendo-se para ver o relógio*
Seis e cinco "...vos toco. . . "
E logo uma balada!

LISE, *a Cyrano, que ao Passar defronte da carteira junto da qual ela está, lhe apertou distraidamente a mão*

Oh! Que tendes no dedo?

CYRANO Um golpe; não val nada.

RAGUENEAU Nalgum perigo?

CYRANO Não.

LISE, *ameaçando-o com o dedo*

Presumo que mentis!

CYRANO Vistes, quando falei, mexer-se o meu nariz?
Nesse caso preguei carapetão medonho.
(Mudando de tom).
Espero uma pessoa. A vir, como suponho,
Deixar-nos-eis a sós.

RAGUENEAU Mas. . . eu talvez não possa:
Meus poetas vão chegar: é a plêiade...

LISE, *irônica*

Que almoça.

CYRANO Afasta-os. — Que horas são?

RAGUENEAU São seis e dez.

CYRANO, *sentando-se nervoso à mesita de Ragueneau e tomando papel*

Quisera
Uma pena.

RAGUENEAU, *oferecendo-lhe a que tem atrás da orelha*

É de cisne.

UM MOSQUETEIRO, *de soberbos bigodes, entra e com voz de estentor*

Ora, bom dia!
(Lise sobe para ele).

CYRANO, retendo Ragueneau

Espera!
(Designando o Mosqueteiro).
Quem é?

RAGUENEAU No dizer dele, — um bravo militar:
Minha mulher o crê . . .

CYRANO, *tornando a pegar na pena e afastando-o com o gesto*

Chut!

(Noutro tom; à parte).

Escrever, — dobrar,

— Dar-lha — fugir . . .

(Deixando a pena).

Poltrão!... Porém, que eu morra agora,

Se me atrevo a dizer-lhe uma palavra. . .

(Alto a Ragueneau).

A hora?

RAGUENEAU Seis e quinze!

CYRANO, *continuando, à parte batendo no peito*

. . . uma só de quantas sinto em mim.

Escrevendo, porém. . .

(Torna a pegar na pena)

Pois escrevamos, sim,

Essa carta de amor que eu faço a vida inteira,

E que refaço em mim cem vezes, de maneira

Que, se puser minh'alma ao lado do papel,

Basta-me só tirar-lhe a cópia bem fiel.

(Escreve. Por trás da vidraça da porta

veem-se sombras hesitantes que se agitam,).

CENA IV

RAGUENEAU, LISE, O MOSQUETEIRO, CYRANO, *à mesita escrevendo, os* POETAS, *vestidos de preto, meias caídas, cobertas de lama*

LISE, *entrando, a Ragueneau*
Eis os poetastros!

PRIMEIRO POETA, *idem, idem*
Oh! Confrade!

SEGUNDO POETA, *idem, apertando a mão de Ragueneau*
Bom confrade!

TERCEIRO POETA Oh! Aguia pastelar!
(Fungando)
Que cheiro que me invade!

QUARTO POETA O' Febo-pasteleiro!

QUINTO POETA Apolo mestre-cuque!

RAGUENEAU, *cercado, abraçado, sacudido*
Quem há que lhes resista, embora se machuque?

PRIMEIRO POETA Reteve-nos um pouco a gente acumulada
Junto à porta de Nesle!

SEGUNDO POETA Uma valente espada
Tinha juncado o chão — de oito bandidos!

CYRANO, *levantando a cabeça um momento — à parte Oito!*
Julguei que fossem sete.

RAGUENEAU, *a Cyrano*
E o nome desse afoito,
Sabeis?

CYRANO, *negligentemente*
Eu? Não.

LISE, *ao Mosqueteiro*
E vós?

O MOSQUETEIRO, *retorcendo o bigode*
Talvez!

CYRANO *escrevendo à parte:*
— de vez em quando murmura uma frase
"Eu vos adoro . . ."

PRIMEIRO POETA Soube que foi um só, mas qual o nome ignoro.
Dizem que pôs em fuga um bando!

SEGUNDO POETA E é singular!
A pressa os fez deixar as armas.

CYRANO, *escrevendo*
". . . vosso olhar. . ."

TERCEIRO POETA Chapéus, até distância incrível os havia.

PRIMEIRO POETA Irra! Foi com certeza um grande em valentia!

CYRANO, *escrevendo*
". . . Vossos lábios. . ."

PRIMEIRO POETA Um bravo, o autor desta façanha!

CYRANO, *idem*
". . . E aposso-me, ante vós, de timidez estranha. . ."

SECUNDO POETA, abocanhando um bolo
Que tens de nos mostrar de novo, Ragueneau?

CYRANO, *idem*
". . . que vos ama. . ."
(Detém-se no momento de assinar.
Levanta-se e mete a carta no gibão. Fala:)
Assinar? Pra quê? Se eu mesmo a dou?

RAGUENEAU, *ao segundo poeta*
Uma receita em metro.

TERCEIRO POETA, *instalando-se perto de um prato de pastéis de nata*
Ouçamos a receita,

QUARTO POETA, *olhando para um bolo sovado em que pegou*
Creio que neste bolo a touca não se ajeita.
(Destouca-o de uma dentada).

PRIMEIRO POETA Este doce me faz uma promessa meiga
Com seus olhos de amêndoa e cílios de manteiga.
(Toma-lhe um bocado).

SEGUNDO POETA Ouvi!

TERCEIRO POETA, *espremendo levemente um pastel entre os dedos*
Babando a nata, este pastel me tenta.

SEGUNDO POETA, *mordendo a lira de pão*

Eis a primeira vez que a lira me alimenta!

RAGUENEAU, *que se tem preparado para recitar, tossindo, endireitando o gorro e tomando atitude*

"Uma receita em metro,"

SEGUNDO POETA, *acotovelando o primeiro*

Almoças?

PRIMEIRO POETA, *idem ao segundo*

Vais jantar?

RAGUENEAU, *lendo*

"Tortazinhas de amêndoa e modo de as formar".
Batam-se bem alguns ovos
— Inda novos; —
Nas ondas que a espuma trouxe,
De cidra o sumo se deite,
Grosso leite,
Bom leite de amêndoa doce.
Passe-se dentro da lata
Fresca nata
Em formas de bom-bocado,
De damasco a borda peje-se;
E despeje-se
Gota a gota, com cuidado...
... Tudo na forma, de forma
Que essa forma
Vá para o forno, — e, rendendo-a,
Sigam-se as outras; — saindo,
Venham vindo
As tortazinhas de amêndoa!

OS POETAS, *de boca cheia*

Ótimo! — Egrégio!

UM POETA, *sufocando*

Hunf!

(Levanta-se comendo. — Cyrano, que os tem observado, dirige-se para Ragueneau).

CYRANO Não vês com que despejo
Se empaturra, e se ri toda esta súcia?

RAGUENEAU, *mais baixo com um sorriso*
Vejo.
Mas para os não vexar eu faço vista grossa.
Ler meus versos assim — me agrada e me alvoroça
Duplamente: porque dou pasto a uma fraqueza;
E quem morre de fome aqui tem lauta mesa.

CYRANO, *batendo-lhe no ombro*
Tu... és dos meus!
(Ragueneau vai juntar-se aos seus amigos. Cyrano segue-o com a vista; depois um pouco arrebatadamente):
Olá! Ó Lise!
(Lise em terno colóquio com o mosqueteiro estremece, e desce para Cyrano).
Esse guerreiro
Vos faz cerco?

LISE, *ofendida*
Este olhar altivo e sobranceiro
Sabe vencer quem quer que ataque o meu pudor!

CYRANO Não! Que esse olhar não tem clarões de vencedor.

LISE, *sufocada*
Mas. . .

CYRANO, *decidido*
Ragueneau me agrada. É bom saberdes, Lise:
Não permito a ninguém que o ridicularize!

LISE Mas. . .

CYRANO, *que elevou a voz para ser ouvido do chichisbéu*
Quem quiser mais claro . . .
(Cumprimenta o mosqueteiro e vai pôr-se de observação, ao F., depois de ter consultado o relógio da Pastelaria).

LISE, *ao mosqueteiro que retribuiu o cumprimento*

O insulto não lhe ouvis?
Dizei-lhe no nariz. . .

O MOSQUETEIRO No nariz . . . no nariz. . .
(Afasta-se depressa, seguido de Lise).

CYRANO, *do F., acenando a Ragueneau para levar os poetas*
Psit!

RAGUENEAU, *mostrando aos Poetas a porta da D.*
Aí é melhor. . .

CYRANO, *impaciente*
Psit! Psit!

RAGUENEAU ... e mais à farta
Leremos...

PRIMEIRO POETA, *desesperado, com a boca cheia*
E os pastéis?

SEGUNDO POETA Levemo-los!
(Saem todos atrás de Ragueneau, processionalmente, depois de terem feito rasoura nos pratos).

CENA V

CYRANO, ROXANA, A AIA

CYRANO A carta
Só pretendo tirar, caso um vislumbre tenha
De esperança.
(Roxana, mascarada, aparece por trás da vidraça.
Cyrano abre-lhe a porta ansiosamente).
Podeis entrar.
(Para a Aia)
Ouvi-me, Dueña!

A AIA Hem!

CYRANO Sois gulosa?

A AIA Sou. Se é coisa que me agrade!...

CYRANO, *tirando sacos de papel do balcão*
Eis dois sonetos bons do poeta Benserade. . .

A AIA, *com uma careta*
Hu!

CYRANO . . que eu encho a valer de queijadinhas. . .

A AIA, *mudando de fisionomia*
Ah!

CYRANO Gostareis de pastel?

A AIA E quem não gostará?
— Sendo pastel de nata, é de morrer de gozo!

CYRANO Pois eu vos sirvo seis no poema deleitoso
De Saint-Amant!
E aqui, nos versos inspirados
De Chapelain, vos dou mancheias de folhados.
— Gostais de bolo inglês?

A AIA Ah! Nem vos digo nada!

CYRANO, *carregando-a de sacos cheios*
Pois seja. Ide-os comer lá fora, na calçada.

A AIA Mas...

CYRANO, *impelindo-a para fora*
E só voltai cá depois de os ter comido.
(*Torna a fechar a porta e desce para Roxana*
Detém-se, descoberto, a distância respeitosa).

CENA VI

CYRANO, ROXANA; A AIA, *um momento*

CYRANO Seja de bênçãos mil o instante apetecido,
O instante, em que, cessando de me esquecer,
Aqui me procureis para dizer . . . dizer. . .

ROXANA, *que tirou a máscara*
Mas deixai-me que expresse o quanto me servistes;
Pois aquele imbecil visconde que punistes
Era o tal que um senhor . . .

CYRANO De Guiche, não é isso?

ROXANA, *baixando os olhos*
Me pretendia dar por cônjuge.

CYRANO Postiço?
(Saudando).
Melhor, se deram causa a tantos golpes duros,
Não meu feio nariz, mas vossos olhos puros.

ROXANA, *hesitante*
Depois... Mas. . . ao fazer esta revelação
Eu me devo lembrar que sois um quase irmão,
Que juntos, muita vez, brincamos. . .

CYRANO É verdade:
Costumáveis, no estio, ir sempre à nossa herdade.

ROXANA Fazieis de caniço os vossos espadins.

CYRANO E de milho o cabelo aos vossos querubins.

ROXANA Tempo das ilusões. . .

CYRANO Das amoras bravias . . .

ROXANA Executáveis sempre as minhas fantasias.

CYRANO Então, por Madalena eu vos tratava ainda.

ROXANA Acháveis-me bonita?

CYRANO Eu vos achava linda!

ROXANA Se feríeis as mãos trepando aos arvoredos,

Eu fingia de mãe, tomando os vossos dedos
E dizendo num tom de exagerado ralho:
(Tomando-lhe a mão).
"Traquinas! Onde foi que destes esse talho?"
(Detém-se estupefata).
Oh! Também é demais! E agora?
(Cyrano quer retirar a mão).
Deixai ver!
Nessa idade? — Onde foi? Dizei! Quero saber!

CYRANO Junto à porta de Nesle, em certa brincadeira,

ROXANA, *sentando-se à mesa e ensopando o lenço num copo d'água*
Dai-me.

CYRANO, *sentando-se também*
Tão maternal, tão meiga, tão fagueira!

ROXANA Porém dizei-me, — enquanto eu faço o tratamento,
— Quantos vos eram contra?

CYRANO Era talvez um cento.

ROXANA Narrai-mo!

CYRANO Não! Depois! Deixai que eu vos anime
A revelar o assunto...

ROXANA, *sem lhe deixar a mão*
Agora decidi-me:
O aroma do passado alenta-me; e perdoa
O que faço. Eu confesso... amar uma pessoa.

CYRANO Ah!

ROXANA Que disso nem tem suspeitas...

CYRANO Ah!

ROXANA Por ora!

CYRANO Ah!

ROXANA Porém vai sabê-lo em breve. *Ele* me adora.

CYRANO Ah!

ROXANA Mas a timidez sempre lhe vedará
Dizer-me o seu amor, que é sem limites.

CYRANO Ah!

ROXANA, *retendo-lhe a mão*

A vossa mão tem febre, e sinto-lhe o calor.
— Eu li nos lábios *dele* a confissão do amor!

CYRANO Ah!

ROXANA, acabando de fazer uma ligadura com o lenço

E esse por quem nutro um meigo sentimento
Sentou praça, meu primo, em vosso regimento!

CYRANO Ah!

ROXANA, *rindo*

Pois ele é cadete em vossa companhia!

CYRANO Ah!

ROXANA Leio-lhe na fronte o gênio, a galhardia:
É nobre, espirituoso, altivo, lindo...

CYRANO, *levantando-se muito pálido*

Lindo!

ROXANA Que tendes?

CYRANO Não é nada...
(Mostrando a mão).
É... o golpe.

ROXANA Concluindo.
Eu o amo. Demais disso, o herói do meu romance
No teatro é que o vi, mas isso de relance.

CYRANO Não vos falastes nunca?

ROXANA Os olhos simplesmente.

CYRANO E como o conheceis?

ROXANA Conversa muita gente
Lá na Praça Real, sob as tílias. E eu vim
Desse modo a saber...

CYRANO Que ele é cadete?

ROXANA Sim.

CYRANO E chama-se...

ROXANA Barão Cristiano...

CYRANO, ansioso

Sim . . . Cristiano . . .

ROXANA De Neuvillette.

CYRANO Qual! Não é cadete! Engano!

ROXANA Desde hoje de manhã que entrou na Companhia
De Carbon de Castel-Jaloux.

CYRANO Eu não sabia.

A AIA, *entreabrindo a porta*
Senhor, eu devorei os bolos e os pastéis!

CYRANO Pois devorai agora os versos dos papéis!
(A aia desaparece).
. . . Porém, filha, vós sois cultora da linguagem.
Se ele fosse um profano, um bárbaro, um selvagem. . .

ROXANA, *negando com o gesto*
De um herói de D'Urfé parece ter o dom!

CYRANO Bem. Mas se o vosso herói falar sem tom nem som?

ROXANA Não. Que adivinho nele uma linguagem d'ouro.

CYRANO Sim. É d'ouro o falar, quando o bigote é louro.
— Porém, se fosse um néscio?

ROXANA, *batendo com o pé*
Eu morreria já!

CYRANO, *após uma pausa*
E foi p'ra mo dizer que me chamastes cá?
Não descubro a razão que o proceder vos dita.

ROXANA É que... desde ontem mesmo alguém me pôs aflita
Dizendo-me que vós, na vossa companhia,
Sois todos da Gasconha. . .

CYRANO E todos, à porfia,
Provocaremos quem, firmado em proteções,
Se introduza entre nós, legítimos gascões?...
É ... disso que sabeis?

ROXANA Tremi pelo perigo
Que ele corra . . .

CYRANO, *entre os dentes*
Pois não!

ROXANA — Mas disse, então, comigo,
Ao ver-vos grande e herói, cheio de mil denodos,
Castigando a insolência e resistindo a todos:
— Bastava ele querer! É intrépido...

CYRANO — Adivinho! Serei o protetor do vosso barãozinho.

ROXANA — Vós o defendereis? Jurais? Não é verdade?
Sempre eu vos dediquei sensível amizade!

CYRANO — Sim, sim.

ROXANA — Mas vós sereis amigos?

CYRANO — Asseguro-o.

ROXANA — Nunca se baterá; podeis jurá-lo?

CYRANO — Juro-o.

ROXANA — Oh! Quanto vos estimo! Agora, dai licença:
(Repõe a máscara e, distraidamente).
Mas não me haveis contado a vossa luta imensa
D'ontem de noite! Vós, exporde-vos assim!
— Dizei-lhe que me escreva!
(Manda-lhe um beijo nas pontas dos dedos).
— Adoro-vos!

CYRANO — Sim. Sim.

ROXANA — — Cem homens contra vós! — Meu reconhecimento
É sem termo.

CYRANO — Sim. Sim.

ROXANA — — Que ele me escreva! — Um cento!
Mais tarde contareis! Oh! que valente sois!
Cem homens! Que bravura!

CYRANO, *saudando-a.*
Oh! Mais fiz eu depois.
*(Ela sai. Cyrano fica imóvel, de olhos no chão.
Silêncio. — Abre-se a porta à D.
Aparece a cabeça de Ragueneau).*

CENA VII

CYRANO, RAGUENEAU, OS POETAS, CARBON DE CASTEL-JALOUX, OS CADETES, A MULTIDÃO, ETC., *depois* DE GUICHE

RAGUENEAU Pode-se entrar?

CYRANO, *imóvel*
Sim. Pode.
(Ragueneau faz sinal aos seus amigos e estes entram. Ao mesmo tempo, ao F., aparece Carbon De Castel-Jaloux, em trajo de capitão dos guardas, fazendo grandes gestos, assim que avista Cyrano).

CARBON Ei-lo!

CYRANO, *erguendo a cabeça*
Meu comandante!

CARBON, *exultando*
Eis o herói! Sabem tudo. Em grupo delirante
Meus cadetes aí estão.

CYRANO, *recuando*
Mas...

CARBON, *querendo arrastá-lo*
Vem! Querem saudar-te.

CYRANO Não!

CARBON Ficaram bebendo ali, no ELMO DE MARTE.

CYRANO Mas...

CARBON, *subindo até à porta do F. e gritando para os bastidores em voz tonitruante*
O herói se retrai! Suponho que se amua!

UMA VOZ, *fora*
Sandious!
(Tumulto fora: ruido de espadas e botas que se vêm aproximando).

CARBON, *esfregando as mãos*

Eles aí vêm atravessando a rua!

OS CADETES, *entrando na Pastelaria*

— Mille dious! — Capdedious! — Mordious!

RAGUENEAU, *recuando espantado*

Mas todos vós

Sereis mesmo gascões, senhores!?

OS CADETES Todos nós!

UM CADETE, a Cyrano

Bravo!

CYRANO Barão!

OUTRO, *sacudindo-lhe a mão*

Herói!

CYRANO Barão!

TERCEIRO CADETE, *abraçando-o*

Quanto valor!

Abracemo-lo!

VÁRIOS GASCÕES Sim!

(Todos o abraçam).

CYRANO, *sem saber o que responda*

Barão!... Mas, por favor!

RAGUENEAU Todos vós sois barões?

OS CADETES Nós todos!

RAGUENEAU, *hesitante*

Se-lo-ão?

PRIMEIRO CADETE Nossas cr'oas em pilha às nuvens chegarão.

LE BRET, *entrando e correndo para Cyrano*

Procuram-te: — uma turba enorme, conduzida

Por quem te viu expor, ontem de noite a vida. . .

CYRANO, *espantado*

Mas tu não descobriste onde estou...!

LE BRET, *esfregando as mãos*

Descobri.

UM BURGUÊS, *entrando seguido dum grupo*

O bairro do Marais vem, todo em peso, aí.

(Fora, a rua enche-se de gente.
Param carruagens, cadeirinhas, etc.).

LE BRET, *baixo, risonho, a Cyrano*
E Roxana?

CYRANO, vivamente
Chitom!
(Precipita-se uma onda para dentro da Pastelaria.
Acotovelamentos. — Aclamações).

A TURBA, *fora*
Cyrano!

RAGUENEAU, de pé sobre uma mesa
A minha casa
Invadida! Melhor, se ela vai toda rasa!

PESSOAS, *rodeando Cyrano*
Amigo... amigo... amigo...

CYRANO Amigos! Mas reparo:
Tantos, hoje é que os tenho!

LE BRET, *entusiasmado*
A glória!

UM MARQUESINHO, *acorrendo de mãos estendidas*
És tu, meu caro?

CYRANO Tu!?... Mas não sei quem sois. Nunca vos desmamei!

OUTRO Vinde ao meu coche, vinde: e apresentar-vos-ei
Às senhoras...

CYRANO, *frio*
E a vós? Quem sabe o nome vosso
Para mo apresentar?

LE BRET, *estupefato*
Que tens?

CYRANO Cala-te!

UM HOMEM DE LETRAS, *com uma pasta*
Posso
Colher um pormenor do...

CYRANO Não.

LE BRET, *acotovelando-o*

É Teofrasto
Renaudot! O inventor da *Gazeta!*

CYRANO Não gosto!

LE BRET, *continuando*
Essa folha que traz *coisas* de grande apuro:
É uma ideia que tem belíssimo futuro!

UM POETA, *aproximando-se*
Senhor...

CYRANO Mais um...

O POETA Deixai o vosso nome pôr
Num acróstico. . .

ALGUÉM, *chegando-se*
Eu venho...

CYRANO Oh! Basta!
(Movimento. Ordem. Aparece De Guiche seguido de oficiais. Cuigy, Brissaille, os oficiais que foram com CYRANO no fim do 1.º ato. Cuigy dirige-se apressado para CYRANO).

CUIGY, *a CYRANO*
Eis o senhor
De Guiche!
(Murmúrio. Todos fazem alas).
Vem da parte e em vez do Marechal
De Gassion. . .

DE GUICHE, *saudando a CYRANO*
Que ouvindo a história sem rival
Do vosso feito, aqui seus parabéns envia

A TURBA Oh! Viva!

CYRANO, *inclinando-se*
O Marechal é mestre em valentia.

DE GUICHE, *aos fidalgos*
O Marechal não crera o caso verdadeiro,
Se o não tivésseis visto e confirmado. . .

CUIGY Inteiro.

LE BRET, *baixo a Cyrano*

Porém...

CYRANO Cala-te

LE BRET, *idem*

Mas... sofres?

CYRANO, *estremecendo e vindo a si*

Diante de gente?

(Eriça-se-lhe o bigode. Tempera a garganta).

Eu... sofrer? tu verás!

DE GUICHE, *a quem Guigy tem falado ao ouvido*

Eu sei que sois valente: —
Mais de um combate o prova — e pertenceis ao troço
Desses doudos gascões...

CYRANO Pertenço-lhes.

UM CADETE, *com voz terrível*

É nosso!

DE GUICHE, vendo os gascões enfileirados por trás de Cyrano

Ah! Ah! Percebo agora: aqueles é que são
Os famosos heróis?...

CARBON Cyrano!

CYRANO Capitão?

CARBON DE CASTEL-JALOUX Já que todos aí estais, fazei-me a cortesia
De apresentar ao Conde a minha Companhia.

CYRANO, *dando dois passos para De Guiche e mostrando os cadetes*

Eis os cadetes da Gasconha
Do comandante de Castel:
Parlapatões sem ter vergonha,
Eis os cadetes da Gasconha.
Na fidalguia que os enfronha,
Falando altivos de alambel,
Eis os cadetes da Gasconha
Do comandante de Castel.
Águias de pernas de cegonha,

Bigode mau, dente cruel,
Que a resmungar ninguém se ponha
Junto das pernas de cegonha!
No seu chapéu, que é de vigonha,
Oculta os rombos o frouxel.
Águias de pernas de cegonha,
Bigode mau, dente cruel!
Fura-Bandulho, Esfola-Ronha
São-lhes epítetos de mel.
Ébria, — sua alma a Glória sonha,
Fura-Bandulho, Esfola-Ronha,
Onde se dê luta medonha
Acodem todos em tropel.
Fura-Bandulho, Esfola-Ronha
São-lhes epítetos de mel.
Eis os cadetes da Gasconha
Que nunca aos zelos dão quartel.
Mulher formosa ou carantonha,
Eis os cadetes da Gasconha!
Que o velho esposo a tal se oponha...
Sopra no corno, menestrel!
Eis os cadetes da Gasconha
Que nunca aos zelos dão quartel!

DE GUICHE, *negligentemente sentado numa Poltrona que Ragueneau lhe trouxera*
Hoje, um poeta é para nós um luxo que vai bem:
— Quereis vós ser o meu?

CYRANO Não, senhor: de ninguém

DE GUICHE O Cardeal gabou muito a vossa habilidade:
Quero levar-vos lá.

LE BRET, *deslumbrado*
Oh! Que felicidade!

DE GUICHE De uma tragédia eu sei, devida à vossa pena.

LE BRET, *ao ouvido de Cyrano*

Podes ver afinal tua Agripina em cena.

DE GUICHE Levai-lha.

CYRANO, *tentado e um pouco deslumbrado*

Na verdade...

DE GUICHE O tio assaz entende...

Da poesia; e talvez uns versos vos emende...

CYRANO, *cujo rosto se fechou de repente*

Impossível, senhor! Meu sangue se congela

Se penso em lhes mudar... ligeira bagatela.

DE GUICHE Mas, em troca, meu caro, um verso que lhe é grato

Caro ele o paga.

CYRANO Sei. Mas paga-o mais barato

Do que eu, quando o componho, e sai como desejo

Mo pago a mim, cantando-o em sonoroso arpejo.

DE GUICHE Sois altivo.

CYRANO Que belo! Agora é que o notais?

UM CADETE, *entrando com vários chapéus de pluma, estragados, amarrotados, de copas esburacadas, enfiados todos em uma espada*

Cyrano, esta manhã lá estava junto ao cais

Esta caça de pena. Eis o que descobrimos:

Os feltros dos fujões...

CARBON São despojos opimos.

TODOS, *rindo*

Ah! Ah!

CUIGY Quem quer que foi que essa incumbência deu

Bem zangado estará!

BRISSAILLE Quem seria?

DE GUICHE Fui eu.

(Cessam as risadas).

Mandei punir, mandei — que eu mesmo não despacho

Vilões de tal jaez — um rimador borracho.

(Silêncio constrangido).

O CADETE, *a meia-vos,*

a Cyrano mostrando-lhe os feltros
E que é que se faz disto? É bom para fritadas?

CYRANO, *pegando na espada em que estão enfiados os feltros e fazendo-os escorregar aos pés de De Guiche, com uma mesura*
Levai-os, meu senhor, aos vossos camaradas.

DE GUICHE, *erguendo-se, num tom breve e seco*
A minha cadeirinha! Eu parto! Incontinenti!
(A Cyrano, com violência).
E vós!...

UMA VOZ, *na rua gritando*
A cadeirinha e os moços do eminente
Senhor De Guiche!

DE GUICHE, *que se dominou, e com um sorriso*
Vós. . . já lestes D. QUIXOTE?

CYRANO Li-o. E respeito muito esse estouvado zote.

DE GUICHE Relede nesse caso. . .

UM MOÇO DE CADEIRINHA, *ao F.*
A cadeirinha!

DE GUICHE, *continuando*
A história
Dos moinhos de vento!

CYRANO, *saudando*
Eu guardo-a na memória.

DE GUICHE, *como acima*
Se qualquer os agride, — ocorre num momento. . .

CYRANO E eu acometo alguém que gire ao som do vento?

DE GUICHE, *idem*
Que as aspas a quem quer que tente acometê-las
O atiram para a lama!

CYRANO Ou mandam-no às estrelas!
(Sai De Guiche e entra na cadeirinha.
Os fidalgos afastam-se cochichando.
Le Bret acompanha-os de novo. Sai a multidão).

CENA VIII

CYRANO, LE BRET; OS CADETES, *que se amesendaram à D. e à E. e aos quais os criados servem comida e bebida*

CYRANO, *saudando com ar zombeteiro os que saem sem se atrever a cumprimentá-lo*
Amigo... amigo... amigo...

LE BRET, *descendo com ar de desânimo e as mãos para o ar*
Em que lençóis estás!

CYRANO Já te queres zangar!

LE BRET Porém... concordarás
Que matar desse modo o ensejo que aparece
É demais!

CYRANO É demais! Se queres que o confesse.

LE BRET, *triunfante*
Ah!

CYRANO Mas — como princípio e como exemplo
— enfim
Considero excelente exagerar assim.

LE BRET Se amainasses um pouco essa altivez de raça,
A glória, as posições...

CYRANO, *interrompendo-o*
Que queres que eu te faça?
Que vá ver um patrono em voga, um protetor,
E — como hera servil que em busca de tutor
Lambe a casca do tronco em roda ao qual se torça
Cresça por manha, em vez de me elevar por força
Obrigado. Ofertar meus versos a um banqueiro,
Como é vulgar? Fazer do vil pantomineiro
Na esperança de ver nos lábios dum ministro
Sorriso que não tenha uns longes de sinistro?
Almoçar cada dia um sapo — e não ter nojo,

Gastar o próprio ventre a caminhar de rojo?
Obrigado. Trazer os joelhos encardidos?
Exercitar a espinha em todos os sentidos?
Obrigado. Acender um círio a S. Miguel
E acender outro círio ao réprobo Lusbel?
Libertar o galé, com medo do patíbulo?
Andar a cada canto e sempre de turíbulo?
Obrigado. Galgar trapézios de acrobata?
Ser um grande homenzinho em roda aristocrata?
Remar co'os madrigais, e ter as bujarronas
Túmidas dos senis suspiros das matronas?
Obrigado. Gozar de sermos editado
Pelo editor Sercy... pagando-lhe? Obrigado.
Ser escolhido papa em todos os conclaves
Feitos por imbecis tão nulos quanto graves?
Obrigado. Assentar meu nome e posição
Num tal soneto, em vez de fazer outros? Não!
Obrigado. Encontrar talento nos sendeiros,
Aterrar-me de ouvir estranhos noveleiros
E sentir um prazer na reles esperança
De ter qualquer menção no *Mercúrio de França?*
Obrigado. Antepor — de medo e covardia —
Salamaleque infame a rútila poesia?
Redigir petições e pertencer a alguém?
Obrigado! Obrigado! *Obrigado!..*, Porém
Cantar, sonhar, passar, ter liberdade e fibra,
Ter a vista segura, e ter a voz que vibra,
Pôr o meu feltro à banda, e— espanto dos perversos
— Por um sim por um não bater-me, ou fazer versos;
Trabalhar, sem ter fito em lucros e honrarias,
Numa excursão à Lua e noutras fantasias!
Nada escrever jamais que eu mesmo não produza,
E, modesto, dizer à minha altiva Musa:
"Seja do teu pomar, — teu próprio — o que tu colhas;

Embora fruto, flor ou simplesmente folhas."
Depois, se acaso a glória entrar pela janela,
A César não dever a mínima parcela,
Guardar para mim mesmo a gratidão mais pura;
Enfim, sem ser a hera — a parasita obscura —
Nem o carvalho e o til — gigantes do caminho —
Subir, não muito sim; porém subir sozinho.

LE BRET Sozinho, pode ser. Mas contra todos?
Como Contraíste esse estranho e desmedido assomo:
O vezo de fazer de todos — inimigos?

CYRANO À força de vos ver improvisar amigos
E rir de amigos tais, que tendes aos milheiros,
Franzindo por escárnio os lábios chocarreiros.
Gosto, se em meu caminho as saudações banais
Ficam raras. E exclamo: "Um desafeto a mais!"

LE BRET Que aberração!

CYRANO Pois seja! É todo o meu prazer
Gosto de desgostar; apraz-me desprezar.
Nem sabes quanto é bom, na vida, o caminhares
Por entre o tiroteio ardente dos olhares!
Que nódoas que nos faz enchendo-nos de gozo
A baba do covarde, e a bílis do invejoso!
— Em vós, essa amizade a vos cercar parece
As golas de que usais e a Itália vos fornece:
Dentro delas, o porte e o garbo se descura:
Põe-vos mais à vontade... e de menor altura;
Pois a fronte, não tendo apoios elevados,
Desleixa-se a pender para qualquer dos lados.
A mim — trata-me o Ódio igual a igual; apresta
O colar que me força a levantar a testa.
Cada inimigo a mais me serve de empecilho,
Faz-me novo tormento e dá-me novo brilho:
Pois — ao colar de Espanha em tudo semelhante —
O ódio, se é golilha, é glória deslumbrante.

LE BRET, *após um silêncio, passando um braço por baixo do dele*

Mostra aos mais esse orgulho, ostenta esse amargor.
A mim, porém... confessa: és infeliz no amor.

CYRANO, *vivamente*

Cala-te!

(Um momento antes entrou Cristiano, que se foi meter entre os Cadetes: estes não lhe Prestam atenção e ele acaba por se assentar sozinho a uma das mesitas; Lise serve-o).

CENA IX

CYRANO, LE BRET, CARBON, OS CADETES, CRISTIANO DE NEUVILLETTE

UM CADETE, *sentado à mesa do F. e de copo em punho*
Olá! Cyrano!
(Cyrano volta-se).
A história?

CYRANO Logo a conto!
(Sobe pelo braço de Le Bret. Conversam entre si).

O CADETE, *erguendo-se e descendo*
A narração da luta! O caso vem a ponto!
(Para junto da mesa,
ao lado da qual se acha Cristiano).
É lição para vós, aprendiz!

CRISTIANO, *erguendo a cabeça*
Aprendiz!

OUTRO CADETE Do norte, e de feições feminis!

CRISTIANO Feminis?!

O PRIMEIRO CADETE, *chasqueando*
Senhor de Neuvillette, em nossa Companhia,
De uma coisa jamais tratamos nós: seria
Como falar de corda em casa de enforcado.

CRISTIANO Que vem a ser?

OUTRO CADETE, *com voz terrível*
Olhai-me!
(Coloca misteriosamente e por três vezes o dedo
sobre o nariz).
Haveis interpretado?

CRISTIANO Ah! É.

OUTRO, *designando Cyrano*
Chitom! Ninguém tal nome aqui dirá!
Senão tem que se avir com esse que ali está!

OUTRO, *que durante a conversa precedente viera sentar-se*
sobre a mesa, por trás de Cristiano

Dois fanhosos matou um dia, simplesmente
Porque os ouviu falar — coitados! — nasalmente.

OUTRO, *em voz cavernosa, surgindo de sob a mesa, onde se meteu de quatro pés*
Desta para melhor terá logo passagem
Quem se atreva a aludir à grande cartilagem.

OUTRO, *pondo-lhe a mão no ombro*
Basta um gesto!... Que digo! Um dá-me aquela palha.
Puxar do próprio lenço é puxar da mortalha.
(Silêncio. Todos ao redor o fitam de braços cruzados. Ele ergue-se e dirige-se para Carbon, que está conversando, à distância, com um oficial, parecendo nada ver).

CRISTIANO Comandante!

CARBON, *voltando-se*
Senhor?

CRISTIANO Que réplica provocam
Impostores do sul?

CARBON Provar que não se chocam
Ser do norte e ser bravo.
(Vira-lhe as costas).

CRISTIANO Agradecido.

PRIMEIRO CADETE Então!
Vamos à narração!

TODOS Sim! Sim!

CYRANO, *descendo para eles*
A narração?
(Todos aproximam os tamboretes; agrupam-se em redor de Cyrano, de ouvido atento. Cristiano escarrancha-se numa cadeira).
Pois bem. Marchava; eu só contra esse grupo denso
Brilhava a Lua, assim como um relógio imenso,
Quando não sei se algum relojoeiro etéreo
Quis limpar o metal do relógio sidéreo,

E passou-lhe o algodão das nuvens sobre a caixa.
Súbito fez-se escuro; a negra noite baixa.
Não tendo luz os cais da célebre Paris,
Não se enxergava um dedo em frente...

CRISTIANO Do nariz.

CYRANO Quem é este?

UM CADETE, *a meia voz*
Um senhor nas guardas alistado
Hoje pela manhã.

CYRANO, *dando um passo para Cristiano*
Hoje pela...

CARBON, a meia voz
Chamado Barão de Neuvi...

CYRANO, *vivamente*
Ah! Pois bem!
(Empalidece, cora, faz ainda um movimento para se precipitar sobre Cristiano).
Mas...
(Contém-se e, com voz surda)
Muito bem,
Dizia eu, pois ...
(Com ímpeto na voz).
(Mordious!
(Continua em tom natural).
Que se não via alguém.
(Estupefação geral. Todos se tornam a assentar, olhando uns para os outros).
E eu seguia a pensar que, por um desgraçado,
Poderia incorrer talvez no desagrado
De alguém que abatesse...

CRISTIANO O nariz.
(Erguem-se todos. Cristiano balança-se na cadeira).

CYRANO, *com voz estrangulada*
... A ousadia.
Me abatesse a ousadia... e que, afinal, eu ia Colocar...

CRISTIANO O nariz.

CYRANO . . . A minha mão, no meio
De duas mós; e que receberia em cheio
Golpe certo e fatal. . .

CRISTIANO No nariz. . .

CYRANO, *enxugando o suor da testa*
. . . na cabeça.
— Mas disse: "Vai, gascão! Nunca o dever te esqueça!
Vai, Cyrano!" E sem ver, prossigo na avançada,
Quando, na sombra, alguém dá-me uma. . .

CRISTIANO Narigada!

CYRANO Paro-a. Então me encontrei. . .

CRISTIANO Nariz contra nariz.

CYRANO, *crescendo para ele*
Com mil trovões!
(Todos os gascões se precipitam para ver.
Chegado junto a Cristiano, ele se domina e continuo)
. . .com cem borrachos dos mais vis,
A exalar. . .

CRISTIANO Do nariz.

CYRANO, *pálido e risonho*
um pestilente ranço.
Arrosto-os sem pavor. . .

CRISTIANO Nariz pra o ar.

CYRANO E avanço!
A qual esgano, a qual inflijo um duro xeque.
Tal me prepara um baque. . . e eu lhe introduzo. . .

CRISTIANO O beque.

CYRANO, *explodindo*
Irra! Saí! Saí!
(Todos os cadetes se precipitam para as Portas).

PRIMEIRO CADETE É o despertar do tigre!

CYRANO Deixai-me só com ele!

SEGUNDO CADETE E cada qual emigre!

Vai ficar num picado este homem.

RAGUENEAU Num picado?

OUTRO CADETE Num dos vossos pastéis!

RAGUENEAU Eu fico desmaiado,
Mole, branco, sem cor, tal qual um guardanapo.

CARBON Saiamos!

OUTRO Ele vai deixá-lo num farrapo!

OUTRO Que horror! Só de o pensar, de medo eu me desfaço!

OUTRO, *fechando a porta da D.*
Vai dar-se alguma cousa horrível!
(Saíram todos, uns pelo F., outros pelos lados;
alguns desapareceram pela escada.
— Cyrano e Cristiano encaram-se um momento).

CENA X

CYRANO *e* CRISTIANO

CYRANO	Um abraço!
CRISTIANO	Senhor...
CYRANO	És bravo!
CRISTIANO	Ah! Mas...
CYRANO	És bravo! Isso me agrada.
CRISTIANO	Mas...
CYRANO	Eu sou irmão dela!
CRISTIANO	Hem!
CYRANO	Não suspeitas nada?
	Dela, ouviste?
CRISTIANO	Ela, quem?
CYRANO	Roxana!
CRISTIANO	Isso é real?
	Vós, irmão dela?
CYRANO	Ou quase: um primo fraternal
CRISTIANO	Ela vos disse...
CYRANO	Tudo.
CRISTIANO	Ama-me?
CYRANO	Não duvido.
CRISTIANO,	*tomando-lhe as mãos*
	Ah! Como sou feliz em ter-vos conhecido!
CYRANO	Safa! Que extravasão de afeto repentino!
CRISTIANO	Desculpai-me...
CYRANO,	*contemplando-o e pondo-lhe a mão no ombro*
	De fato; é belo o tal menino!
CRISTIANO	Oh! Podeis crer, senhor, que muito vos admiro!
CYRANO	E os narizes que, há pouco, havíeis...
CRISTIANO	Eu retiro!
CYRANO	Ela espera de vós uma carta ...

CRISTIANO Ai!

CYRANO Que é isso?

CRISTIANO Ah! Se eu me revelar, esvai-se-me o feitiço.

CYRANO Como?

CRISTIANO Pesa-me ter tão pouca inteligência.

CYRANO Não parece: uma vez que disso tens consciência.
Demais tua agressão mostrou-me um certo chiste.

CRISTIANO Ora! É fácil falar, tendo-se o verbo em riste:
Possuo algum talento, audaz e militar;
Com as mulheres, porém, não sei como falar.
Quando eu passo — elas têm nos olhos um carinho!...

CYRANO E... não nos corações — se ficas no caminho?

CRISTIANO Nunca! Porque sou tal, que tremo e balbucio
Se vou falar de amor.

CYRANO Pois olha! Eu desconfio
Que, se tenho saído um tanto mais bem-feito,
Para o caso teria inimitável jeito.

CRISTIANO Oh! Poder exprimir as coisas com finura!

CYRANO Oh! Ser um rapagão de esplêndida figura!

CRISTIANO Ai! Roxana é preciosa; e certo me parece
Que vou desiludí-la!

CYRANO, *olhando para Cristiano*
É pena! Se eu tivesse
Por intérprete meu todo esse belo gesto...

CRISTIANO, *com desespero*
Se eu tivesse eloquência e frases...

CYRANO, *num arranque*
Eu te empresto!
Empresta-me também tua figura bela:
E formemos os dois o herói duma novela!

CRISTIANO Quê?!

CYRANO Tu te ofenderás de me ouvir as lições
E perante Roxana as repetir?

CRISTIANO Propões...

CYRANO	Terás para iludí-la inúmeros assuntos:
	Dize: Queres que nós a seduzamos juntos?
	Queres sentir passar est'alma que te fala
	Do meu gibão grosseiro ao teu gibão de gala?
CRISTIANO	Mas, Cyrano!...
CYRANO	Cristiano, aceitas?
CRISTIANO	Não me atrevo.
CYRANO	Se temes, indo só, tirar-lhe o doce enlevo,
	E a queres abrasar, importa que tu cases
	O teu formoso lábio às minhas belas frases.
CRISTIANO	Teus olhos brilham!
CYRANO	Mas. . . queres?
CRISTIANO	E que alegria
	Tens nisso?
CYRANO,	*com transporte*
	Oh! Isso. . .
	(Contendo-se e disfarçando)
	A mim. . . quanto divertiria!
	É uma prova que tenta um cérebro de artista:
	Completam-se alma e corpo, amante e fantasista.
	Caminhas; e a teu lado eu vou na sombra escura:
	Serei teu gênio; e tu ser-me-ás a formosura.
CRISTIANO	E a carta, que é mister que ainda hoje mesmo parta!
	Não poderei jamais. . .
CYRANO,	*sacando do gibão a carta que escreveu*
	Aí tens: manda esta carta.
CRISTIANO	Como?
CYRANO	Falta endereço. Escreve-o, e fica pronta.
CRISTIANO	Eu...
CYRANO	Mas está bem feita! O que é que te amedronta?
CRISTIANO	E tínheis...?
CYRANO	Entre nós, há sempre reservadas
	Epístolas de amor a falsas namoradas.
	A nossa amante é um sopro, um sonho rosicler

Na bolha de sabão dum nome de mulher!
Toma-as, — que tomarás ao sério tais endechas!
Eu soltei sem destino essas dolentes queixas:
Tu vais dar um repouso às loucas andorinhas.
Toma-as. Hás de notar que em todas essas linhas
Mais eloquente fui, por ser menos sincero.
— Vamos! recebe a carta! E manda-a!

CRISTIANO E não lhe altero
Uma frase sequer? Assim, feita no ar,
Aplica-se a Roxana?

CYRANO Assenta-lhe a matar.

CRISTIANO Mas...

CYRANO O amor-próprio é cego, e, sobretudo, crente:
Roxana há de supô-la escrita expressamente.

CRISTIANO Ah! Meu amigo!
(Lança-se nos braços de Cyrano.
Os dois ficam abraçados).

CENA XI

CYRANO, CRISTIANO, OS GASCÕES, CARBON, O MOSQUETEIRO *e* LISE

UM CADETE, *entreabrindo a porta*
E nada! Eu tremo! Que será?
Nada escuto! Silêncio!...
(Passa a cabeça).
Hem!

TODOS OS CADETES, *entrando, vendo Cyrano e Cristiano abraçados; consternação geral*
Oh!

UM CADETE Que tal!

O MOSQUETEIRO, *escarninho*
Olá!

CARBON Apre! O demo não é tão mau como parece!
Apanha numa venta, e a outra ele oferece?

O MOSQUETEIRO Então, já não faz mal falar-se de nariz?
(Chama Lise com ares de triunfo)
Lise! Tu queres ver?
(Fungando o ar com afetação).
Oh! Oh! Mas não sentis?
Que odor!
(Indo a Cyrano).
Vosso nariz sem dúvida que o sente.
A que é que cheira aqui? Cheira!...

CYRANO, *dando-lhe uma bofetada*
A biscoito quente!
(Júbilo. Os cadetes recuperaram o seu Cyrano; cambalhotas de prazer).

(CAI O PANO)

Terceiro Ato

TERCEIRO ATO

O BEIJO DE ROXANA

PRAÇA pequena no antigo bairro do Marais.

Casas velhas. Perspectiva de vielas.

À D. a casa de Roxana, com o muro do jardim carregado de basta folhagem. Por cima da porta, janela de sacada. Banco em frente da porta.

A hera trepa ao muro, o jasmineiro engrinalda o parapeito da sacada, serpeia e torna a cair.

Pelo banco e pelas pedras salientes da parede pode-se facilmente subir até à janela. Esta está aberta.

Defronte: casa antiga do mesmo estilo, tijolo e pedra. Porta de entrada. A aldrava desta: porta está enfaixada em panos como um dedo enfermo.

Ao subir do pano vê-se a Aia sentada no banco. Em frente da Aia, está de pé Ragueneau; traja uma espécie de libré; vai terminando uma história; enxuga os olhos.

CENA I

RAGUENEAU, A AIA, *depois* ROXANA, CYRANO *e* DOIS PAGENS

RAGUENEAU ... Depois, um mosqueteiro a quis levar consigo!
Enforcar-me tentei. Mas veio o meu amigo
Senhor de Bergerac; salvou-me não sei como,
E apresentou-me à prima, a fim de ser mordomo.

A AIA E a causa principal desse milhão de azares?

RAGUENEAU Aos vates eu nutria, e Lise — aos militares!
Marte comia tudo o que deixava Apolo;
— Fora mister dispor das minas do Pactolo...

A AIA, erguendo-se e chamando para a janela aberta
Roxana! Vinde!

A VOZ DE ROXANA, *pela janela*
Sim! Não tarda que me apronte.
Falta-me a capa!

A AIA, *a Ragueneau, mostrando-lhe a porta fronteira*
Alí, na casa de defronte
Clomira dá sessão de alta literatura:
Deve ler-se um trabalho acerca da "Ternura".

RAGUENEAU Da ternura?

A AIA, *com um momo*
Pois não!
(Para a janela)
Roxana! Andai depressa,
Senão, vamos perder a exposição da peça.

A VOZ DE ROXANA Já vou.
(Ouve-se música de instrumento de corda, que se aproxima).

A voz DE CYRANO, *cantando nos bastidores*
Lá... Lá....

A AIA, *surpresa*

Quem toca?

CYRANO, *seguido de dois Pagens que trazem teorbas*

(A um dos Pagens)

Inteligência obtusa!

Isso não é colcheia; afirmo-te que é fusa!

PRIMEIRO PAGEM, irônico

Então vós entendeis de fusas e colcheias?

CYRANO Sou músico; pois sou da escola e das ideias

De Gassendi.

O PAGEM, *tocando e cantando*

Lá . . . Lá . . .

CYRANO, *tirando-lhe a teorba e continuando a frase musical*

Eu sei continuar:

Lá. . . lá . . . lá . . . lá...

ROXANA, *aparecendo na sacada*

Sois vós?

CYRANO, cantando

Sou eu que vim saudar

Desse balcão florido as peregrinas flo. . . res . . .

ROXANA Vou descer.

(Desaparece da sacada)

A AIA E que vêm fazer estes senhores?

CYRANO Foi aposta que fiz com d'Assouci. Não sei

Que ponto de sintaxe ele afirmou: neguei,

Mostrando-me este par de toca-zanguizarras

Que vivem beliscando o bucho das guitarras,

Ele me diz: "Se perco, aposto que vais ter

"Música um dia inteiro." Aconteceu perder,

E. . . de hoje até que o Sol comece nova rota

Encalçam-me estes dois teorbas de má-nota,

Que me seguem, por solfa, os mínimos acenos!

No princípio gostei; porém já gosto menos.

(Aos músicos)

Hep!... Ide a Montfleury tocar-lhe uma pavana!
(À Aia)
Eu venho perguntar à divinal Roxana,
Como é de uso fazer . . .
(Os Pagens sobem para sair. Cyrano lhes grita).
Tocai desafinado!
(Os Pagens saem, — À Aia)
O eleito de sua alma é sempre imaculado?

ROXANA, *saindo de casa*
Ah! Cada vez melhor! Que espírito! que mimo!

CYRANO, *sorrindo*
Espírito? ele o tem?...

ROXANA Mais do que vós, meu primo.

CYRANO Creio.

ROXANA A meu ver, só ele é dono desse chiste
De dizer coisas vãs, a que ninguém resiste.
Às vezes se distrai, foge-lhe a Musa, ingrata;
Mas, súbito, nos fala . . . e fala que arrebata.

CYRANO, *incrédulo*
Qual!

ROXANA Eis como vós sois: ver um é ver um cento!
Como o rapaz é lindo, é falto de talento!

CYRANO Quando fala de amor, os corações desperta?...

ROXANA Não! Não fala de amor; de amor ele disserta

CYRANO Escreve?...

ROXANA Inda melhor! Ouvi:
(Declamando)
"Se desperdiço
"Por vós meu coração, mais ganho."
(Triunfante a Cyrano).
Hem?

CYRANO Nem por isso!

ROXANA E mais: "Porém sofrer sem coração não posso
"E, se tendes o meu, deveis mandar-me o vosso."

CYRANO Ora ele o tem de mais, ora não tem bastante. Quanto de coração quer ele?

ROXANA Que implicante! São zelos . . .

CYRANO, *estremecendo*
Hem?

ROXANA De autor, — que o peito vos devoram.
— E estas frases de mel, que enternecidas choram?:
"Crede-me: o coração desfaz-se-me num grito;
"Se pudessem mandar-se os beijos por escrito,
"Com o lábio iríeis ler todas as cartas minhas!"

CYRANO, *sorrindo de satisfação a seu pesar*
Essas linhas . . . estão. . .
(Contendo-se e com desdém)
. . . porém. . . muito fraquinhas.

ROXANA E mais. . .

CYRANO, *encantado*
Sabeis de cor as cartas que ele escreve?

ROXANA Todas.

CYRANO É lisonjeiro: envaidecê-lo deve!

ROXANA É mestre!

CYRANO, *modesto*
Oh!. . Mestre!

ROXANA, *peremptória*
Um mestre!

CYRANO, *concessivo*
Um mestre. . . Pois que seja!

A AIA, *que subiu, descendo vivamente*
Eis o senhor De Guiche!
(A Cyrano, empurrando-o para a casa)
Entrai! Que não vos veja
Neste lugar, conosco: às vezes pelo dedo
Se conhece o gigante.

ROXANA O meu gentil segredo!
Ama-me e poderá, se acaso mo pressente,

Dar-me um golpe fatal no meigo amor nascente.

CYRANO, *entrando na casa*

Bem! Bem! Bem!

(Aparece De Guiche)

CENA II

ROXANA, DE GUICHE, A AIA, *afastada*

ROXANA, *fazendo uma vênia a De Guiche*
Vou sair.
DE GUICHE E despedir-me eu venho.
ROXANA Vós partis?
DE GUICHE Para Arras.
ROXANA Ah!
DE GUICHE Esta noite.
ROXANA Ah!
DE GUICHE Tenho
De tomar parte, ali, no grande assédio.
ROXANA Assédio?
DE GUICHE Sim. Tal fato vos causa indiferença? ou tédio?
ROXANA Oh!
DE GUICHE Deixar de vos ver! Separação cruel!
Ontem mesmo — sabeis — fui feito coronel...
ROXANA, indiferente
Ah! Sim?
DE GUICHE Dos Guardas.
ROXANA, *interessada*
Ah! Dos Guardas?
DE GUICHE Regimento
Onde está vosso primo, o gabarola. Intento
Vingar-me dele, e ver se os ímpetos lhe abrando.
ROXANA, *sufocada*
Os Guardas vão marchar?
DE GUICHE, *rindo*
E sob meu comando.
ROXANA, *à parte, sentando-se de chofre no banco*
Cristiano!

DE GUICHE Que sentis?

ROXANA, *embaraçada*

É um fato... que me aterra;

Ter afeição a alguém que parte para a guerra.

DE GUICHE, *iludido, surpreso, encantado*

Pela primeira vez me demonstrais afeto,

Hoje, que vou partir!

ROXANA, *mudando de tom e abanando-se*

Mas... tendes o projeto

De vingar-vos do primo?

DE GUICHE, *risonho*

E sois por ele?

ROXANA Eu?! contra!

DE GUICHE Ele vem cá?

ROXANA Mui raro.

DE GUICHE Ah! Toda a gente o encontra

Com outro, um tal Neuvil...

(Procurando o nome).

... o nome é que me esquece.

ROXANA Alto?

DE GUICHE, *confirmando*

Louro...

ROXANA Sim.

DE GUICHE Belo...

ROXANA, *com fingido desdém*

Oh!

DE GUICHE Parvo!

ROXANA, *dubiamente*

É o que parece,

(Mudando de tom).

Porém, contra Cyrano essa vindicta vossa

É fraca. Expô-lo ao fogo? Em vão! Nem lhe faz mossa.

Para Cyrano eu sei doutra pior!

DE GUICHE Seria?...

ROXANA Se parte o regimento, e o deixa, em companhia

Dos cadetes fiéis, — enquanto houver a guerra —
Inativo em Paris. Destarte se desterra
Para o seio da Paz intrepidez tamanha:
Se o desejais punir, privai-o da campanha.

DE GUICHE Oh! Mulheres! Ninguém de semelhante invento
É capaz, senão vós!

ROXANA Eis o maior tormento
Para Cyrano e os seus; não há melhor vingança
Que deixá-los ficar.

DE GUICHE, *aproximando-se*
Terei uma esperança?
(Ela sorri).
Vejo no malquerer que partilhais comigo
Uma prova de amor!

ROXANA De amor: eu não desdigo.

DE GUICHE, *mostrando vários ofícios*
Eis os papéis que tenho e vou mandar agora
A cada companhia; expeço-os hoje — afora
(Destacando um papel).
Este, que vou guardar, o dos cadetes. Vêde.
(Rindo e guardando o papel).
Ah! Cyrano! Essa glória há de morrer de sede!
— Pregar peças aos mais é vosso gosto?

ROXANA Um pouco.

DE GUICHE, *bem junto dela*
Esta noite... escutai-me... ouvi... Tornais-me louco...
Devo marchar. . . Mas ir, quando vos vejo . . . triste!
Na Rua d'Orléans, — daqui bem perto — existe
Um claustro franciscano e regular, fundado
Pelo padre Atanásio. Aos leigos é vedado
Lá ir. Mas para mim toda essa regra é nula:
E os frades me abrirão a manga da cogula.
Richelieu tem um servo em cada capuchinho,
E tal medo lhes faz, que tremem do sobrinho.
— Voltarei mascarado. . . Hão de julgar-me ausente...

Ao menos hoje, espero, haveis de ser clemente!

ROXANA Mas... se alguém souber disso, a glória...

DE GUICHE Eu zombo.

ROXANA E o sítio
D'Arras?

DE GUICHE Que importa? Sim! permiti!

ROXANA Não!

DE GUICHE, *terno; mudando de tratamento*
Permite-o!

ROXANA, *terna*
Proíbo-vo-lo...

DE GUICHE Deus!

ROXANA Parti!
(À parte).
Cristiano fica!
(Alto).
Voltai-me herói, Antônio!

DE GUICHE Oh! Mel que vivifica!
Amais aquele então...

ROXANA Por quem temia.

DE GUICHE, *transportado de júbilo*
Enfim!
Parto!
(Beija-lhe a mão).
É quanto quereis?

ROXANA Sim, meu amigo!
(De Guiche sai).

A AIA, *fazendo-lhe pelas costas uma mesura cômica*
Sim, Meu amigo!

ROXANA, *à Aia*
Calai tudo o que fiz: Cyrano,
Roubado nos troféus, não me desculpa o dano.
(Chamando em direção à casa).
Primo!

CENA III

ROXANA, A AIA, CYRANO

ROXANA	Vamos ouvir, à casa de Clomira,
	(Designa a casa)
	Alcandro e Lisimon!
A AIA,	*pondo o dedo auricular no ouvido*
	Meu dedo aqui me inspira
	Que é tarde!
CYRANO,	*a Roxana*
	Não falteis àqueles quadrumanos.
	(Nisto chegam em frente da casa de Clomira).
A AIA,	*com transporte*
	Notai! Notai! A aldrava acha-se envolta em panos!
	Abafaram-te assim para que teu metal
	Não perturbe a sessão com seu rumor brutal.
ROXANA,	*vendo que abrem a porta da casa de Clomira*
	(Levanta-a com mil e uma precauções
	e bate devagarinho).
	Entremos!
	(Do limiar, a Cyrano).
	Se Cristiano aqui vier, que espere.
CYRANO,	*vivamente, no momento em que ela vai desaparecer*
	Ah!
	(Ela volta-se)
	Sobre que matéria o vosso amor prefere
	Interrogar Cristiano? O assunto?
ROXANA	O assunto?...
CYRANO	O assunto!...
ROXANA	Porém vós ficareis mudo!
CYRANO	Como um defunto!
ROXANA	Pois bem! Direi somente: "Ao largo vento as velas!

"Dizei cousas de amor esplêndidas e belas!"

CYRANO, *sorrindo*

Bom!

ROXANA Sciu!

CYRANO Sciu!

ROXANA Nem palavra!

(Recolhe-se e fecha a porta)

CYRANO, *saudando-a*

Agradecido ao plano!

ROXANA, *passando a cabeça pela porta*

Podia preparar-se!

CYRANO Ora, qual!

AMBOS Sciu!

(Roxana sai. Fecha-se a porta)

CYRANO, *chamando para os bastidores Cristiano!*

CENA IV

CYRANO, CRISTIANO

CYRANO Já sei quanto é mister. Prepara essa memória.
Poderás desta vez subir de fama e glória.
Urge o tempo, — Ela aí vem. — Não sejas respingão,
Vem comigo depressa: eu vou dizer-te. . .

CRISTIANO Não.

CYRANO Hem?

CRISTIANO Não! Que ela não tarda. Espero-a.

CYRANO Que tolice
Te deu hoje? Ora, vem! Desejo...

CRISTIANO Não, já disse.
Farto estou de lições, de cartas emprestadas
E de dizer, tremendo, esses alheios nadas!...
No começo era bom! Mas hoje não preciso!
Ela me adora! Eu vou falar-lhe de improviso.

CYRANO, *irônico*
Olá!...

CRISTIANO E quem te diz que eu não serei capaz?
Também não sou assim tão néscio. . . Tu verás.
As lições que te ouvi não foram sem proveito.
E, com a breca! se enfim não discursar com jeito.
Abraçá-la, isso eu sei, mesmo sem mo explicares.
(Avistando Roxana, que volta de casa de Clomira)
— Ei-la! Cyrano! É ela! Ai! Não me desampares!

CYRANO, *saudando-o*
Avinde-vos, senhor.
(Desaparece por trás do muro do jardim).

CENA V

CRISTIANO, ROXANA, ALGUNS PRECIOSOS E PRECIOSAS, A AIA, *um instante*

ROXANA, *saindo da casa de Clomira com outras*
Pessoas, de quem se despede e separa
Alcandro! Urimedonte!

A AIA, *desesperada*
Perdemos a oração! Nem sei como isto conte!
(Entra em casa de Roxana).

ROXANA, *cumprimentando ainda*
Gremione! Adeus!
(Todos saúdam Roxana e se despedem entre si;
separam-se e dirigem-se para as diversas ruas.
Roxana avista Cristiano).
Sois vós?
(Dirige-se-lhe)
A noite vai baixando.
Esperai. Ninguém passa. O vento é calmo e brando.
Sentemo-nos. Falai-me. Escuto-vos. . .

CRISTIANO, *sentado junto dela, no banco: depois de silêncio*
Eu te amo.

ROXANA, *fechando os olhos*
Assim!

CRISTIANO Amo-vos!

ROXANA Sei. Bordai-me algum recamo
Na tela azul . . .

CRISTIANO Eu vos...

ROXANA Bordai . . .

CRISTIANO Eu te amo tanto!

ROXANA Sem dúvida. E depois?

CRISTIANO Depois. . . Nem sabes quanto
Uma frase de amor ditoso me faria!

ROXANA Vós me dais água chilra... e eu gosto de ambrosia.

Dizei-me como seja o vosso amor...

CRISTIANO, *depois de procurar*

Imenso!

ROXANA Ora! Explicai-me um pouco essa paixão!

CRISTIANO Só penso

Em beijar-te!

ROXANA Cristiano!

CRISTIANO Oh! Amo-te!

ROXANA, *querendo levantar-se.*

Outra vez!

CRISTIANO, *retendo-a*

Não te amo! Não!

ROXANA, *tornando a sentar-se*

Pois seja!

CRISTIANO Adoro-te!

ROXANA, *erguendo-se e afastando-se*

Oh!

CRISTIANO Bem ves:

Torno-me parvo.

ROXANA, *secamente*

E é tal, por isso, o meu desgosto

Qual fora o de vos ver horrendo e descomposto.

CRISTIANO Mas...

ROXANA Ide capturar a musa desertora.

CRISTIANO Eu vos...

ROXANA Amais-me, eu sei. Adeus!

(Dirige-se para casa).

CRISTIANO Ficai, senhora! Digo.

ROXANA, *empurrando a porta para entrar*

Que me adorais... Já sei. Contudo, peço

Que não me importuneis!

CRISTIANO Mas eu vos...

(Roxana sai e bate-lhe com a porta na cara).

CYRANO, *que entrou sem ser visto*

Que sucesso!

CENA VI

CRISTIANO, CYRANO, OS PAGENS *um instante*

CRISTIANO Socorro!

CYRANO Não, senhor.

CRISTIANO Morro, se não recaio
Em graça, neste instante.

CYRANO E de que serve o ensaio
Que faças neste instante?

CRISTIANO, *pegando-lhe no braço*
(A janela se alumia).
Olha essa luz! Socorro!

CYRANO, *comovido*
Essa janela...

CRISTIANO Eu morro!

CYRANO Abaixa a voz!

CRISTIANO, *baixo*
Eu morro!

CYRANO A noite é negra...

CRISTIANO Então?

CYRANO Vou ver... — Mal empregado!
... Se lhe dou jeito! — Põe-te aí, meu desastrado!
Defronte da sacada! Eu ficarei de cá.
(Mostra o lugar por baixo do balcão)
Para servir de ponto.

CRISTIANO, *objetando*
Assim...

CYRANO Cala-te!

OS PAGENS, *ao F. — a Cyrano*
Olá!

CYRANO Chut!
(Faz-lhes sinal para que falem baixo).

PRIMEIRO PAGEM, *baixo*

Já tocamos muito em frente da janela
De Montfleury.

CYRANO, *baixo e rápido*

Pois bem! Ficai de sentinela
Assim: vós, numa esquina, e vós na outra. Quando
Alguém se aproximar, avisareis tocando.

SEGUNDO PAGEM E que trecho quereis, conforme o que se aviste?

CYRANO Se for mulher, alegre; e se for homem, triste.

(Os Pagens desaparecem, um por trás duma esquina, outro por trás da outra. A Cristiano)

Chama-a!

CRISTIANO Roxana!

CYRANO, *apanha seixos que atira às vidraças*

Espera! Isto é melhor que a voz.

CENA VII

ROXANA, CRISTIANO, CYRANO, *a princípio oculto sob a sacada*

ROXANA, *entreabrindo a janela*
Quem me chamou?
CRISTIANO Fui eu.
ROXANA Quem sois?
CRISTIANO Cristiano!
ROXANA, *com desdém*
Vós!
CRISTIANO Escutai-me, por Deus!
CYRANO, *que se escondeu por baixo da sacada*
Bem! Bem! Mais baixo!
ROXANA Não! Vós falais muito mal! Deixai-me!
CRISTIANO Compaixão!
ROXANA Não me tendes amor!
CRISTIANO, *"soprado" por Cyrano*
Oh! Céus! Vós... me acusais
De falta dum... amor. . . que aumenta mais e mais!
ROXANA, *que ia fechar a janela, parando*
Que mudança!
CRISTIANO, *como acima*
Este amor. . . cresceu. . . dentro em meu peito
Onde o fatal . . . menino. . . achara brando leito.
ROXANA, *avançando na sacada*
Que mudança! Porém, se era fatal, cumpria
Sufocá-lo de vez no berço em que dormia.
CRISTIANO, *como acima*
Tentei-o, mas em vão . . . que o fero pequenino
Tinha a força. o vigor de um. . . Hércules menino.
ROXANA Que mudança!
CRISTIANO, *como acima*

E, cruel, estrangulou bem cedo
As serpentes Orgulho e Dúvida...

ROXANA, *encostando-se à sacada*
Concedo!
— Mas, por que me falais dessa maneira lenta?
A vossa inteligência acaso se adormenta?

CYRANO, *puxando Cristiano para debaixo da sacada e tomando-lhe o lugar. Baixo*
Chut! A coisa é custosa!

ROXANA A fala mal segura
Noto que tendes hoje.

CYRANO, *falando a meia voz como Cristiano*
A noite é muito escura:
Para achar-vos o ouvido a fala titubeia .

ROXANA E por que minha voz nas trevas não tateia?

CYRANO A causa disso tudo, eu sei como explicá-la:
É no meu coração que vos recebo a fala;
Meu coração é grande, é fácil de encontrar;
Pequena é a vossa orelha, e custa procurar.
A minha fala sobe... a vossa vem de cima...

ROXANA Mas agora mudou: parece que se anima.

CYRANO Pouco a pouco se afaz aos transes da subida!

ROXANA Sim. Creio vos falar de altura desmedida.

CYRANO E me haveis de matar se de tão grande altura
Me lançardes ao peito uma palavra dura.

ROXANA, *com um movimento*
Vou descer.

CYRANO, *vivamente*
Não!

ROXANA, *mostrando-lhe o banco*
Pois bem! Podeis subir ao banco.

CYRANO, *recuando com terror nas trevas*
Não!

ROXANA Como... não?!

CYRANO, *de quem se apodera cada vez maior abalo*

Deixai-me este momento franco,
Esta oportunidade amena de podermos
Falar-nos hoje, sem nos vermos.

ROXANA Sem nos vermos?

CYRANO Mas se adivinha a forma aos vultos. É bastante.
Vós verdes o negror dum manto roçagante
Eu vejo o frouxo alvor dum trajo de verão:
Eu sou apenas sombra, e vós sois um clarão!
Nem sabeis que valor este momento exprime
Para mim, que, se fui grandíloquo...

ROXANA Sublime...

CYRANO Meu próprio coração sincero e verdadeiro
Nunca foi quem falou ...

ROXANA Por quê?

CYRANO Porque, primeiro,
Eu falava através ...

ROXANA De quê?

CYRANO ... Do devaneio
Que o vosso olhar produz. Mas, hoje à noite, creio
Que pela primeira vez é que vos falo a sós!

ROXANA É outro, com efeito, o vosso tom de voz.

CYRANO, *aproximando-se febril*

Sim! Outro! A noite, a noite oculta-me, sombria,
E eu me atrevo a ser hoje eu mesmo...
(Detém-se e com transporte).
... onde é que eu ia?
Não sei... Mas tudo aqui... perdão, se me comovo,
É para mim tão meigo e delicado e novo!

ROXANA Novo?

CYRANO Novo, decerto; é nova esta vertigem.
Mil terrores do escárnio o coração me afligem...

ROXANA Do escárnio?

CYRANO De um arroubo! O coração tem pejo

E envolve-se no véu do frívolo gracejo:
Parte... demanda a estrela a ver se a desengasta.
E... hesita, e vai colher uma florinha casta!

ROXANA Tem seu mérito a flor.

CYRANO Deixemo-la, por ora.

ROXANA Nunca falastes vós como falais agora!

CYRANO Aljavas e farpões e tochas que se percam!
Tratemos de falar das coisas que nos cercam.
E em lugar de sorver num dedalzinho d'ouro,
A água insípida e má de um pobre sangradouro,
Embeba-se a nossa alma, embeba-se no gozo,
Na abundância lustral do rio caudaloso!

ROXANA Mas o espírito?

CYRANO Há pouco, a fim de vos prender,
Dele usei; mas agora eu fujo de ofender
Esta noite, este aroma, esta hora, a Natureza
Nessa linguagem falsa e d'artifícios presa.
— Que o céu no doce olhar dos astros nos envolva,
E as nossas convenções artísticas dissolva.
Temo que da alquimia o requintado extremo
Volatilize o odor dos corações; e temo
Fazer da mente — um caos de termos sem valor,
E desse amor ao "*termo*" — o termo deste amor.

ROXANA Mas o espírito?

CYRANO É crime usar desse torneio
Para o que tem de amor entumecido o seio!
O momento há de vir, sem dúvida — e eu lamento
Aqueles para quem não chegue tal momento —
Em que seja mais sério o amor que nos conquiste
E as doidas frases vãs o deixem mudo e triste!

ROXANA Se esse instante passou das frases vãs e doidas,
Que outras direis, então?

CYRANO Mas... todas, todas, todas
As que me ocorram: vou, sem dispô-las num ramo,

Lançar-vo-las a esmo: — Adoro-vos! Eu te amo!
Eu sufoco; inda mais: desvairo, perco o siso.
Teu nome no meu peito é o grânulo dum guizo:
Eu tremo; e esse tremor vibrante me atraiçoa.
Pois sempre o guizo treme. . . e sempre o nome soa!
Tudo o que é teu me lembra: — Há quase um ano
[agora.
— Era a doze de maio — ao despontar da aurora,
Deste um jeito qualquer, tão lindo, no cabelo,
Que, preso ao seu fulgor, não me fartei de vê-lo.
Como acontece a alguém que fita o sol dourado
E vê depois em tudo um círculo encarnado:
Tal eu, mesmo sem ver o sol com que me douras,
Vejo, em tudo o que vejo, aquelas nódoas louras

ROXANA, *em tom comovido*
Isso. Ah! Isso é amor!

CYRANO
O afeto que me invade,
Terrível, e zeloso, e cheio de verdade,
É amor; tem do amor a fúria que me atrista.
É amor, mas amor sem ser exclusivista.
Ah! Por te ver feliz toda a ventura eu dera.
Não conheças, embora, esta paixão sincera,
Que importa? Se eu, de longe, ouvir o leve indício
Dum riso que nascer de tanto sacrifício?
Cada olhar teu suscita uma virtude nova,
Mais um valor em mim! Percebes esta prova
De amor? Vês de minha alma a delicada crença?
Vês esta alma subir na sombra que se adensa?
Oh! Como esplende a noite em graças naturais!
Eu!... Sou eu que vos falo! E vós, que me escutais!
(Consigo mesmo).
Por menos que me fosse a aspiração modesta,
Nunca esperara tanto! Agora só me resta
Morrer! Que, ao som de voz que de meu lábio estila,

Entre os ramos azuis o corpo lhe vacila!
(A Roxana).
Sim, folha! Vós tremeis por entre as outras folhas.
(Mudando de tratamento no arroubo da paixão).
Tu tremes, porque eu sinto, embora te recolhas. . .
Que o frêmito adorado estende-se até mim
Pelos verdes degraus dos ramos de jasmim!
(Beija loucamente a extremidade de um ramo
Pendente).

ROXANA Sim! tremo choro e te amo. É tua a minha sorte,
Inebrias-me!

CYRANO Então, que sobrevenha a morte!
Eu, só eu te inebrio, e nada mais desejo,
Nada te peço mais do que uma coisa. . .

CRISTIANO, *de sob a sacada*
Um beijo!

ROXANA, *recuando*
Hem!

CYRANO Oh!

ROXANA Pedis?...

CYRANO Eu!...Sim.
(A Cristiano, baixo).
Tu vais muito depressa!

CRISTIANO, *baixo, a Cyrano*
Ela está comovida! A urgência me interessa.

CYRANO, *a Roxana*
Sim. . . decerto... eu pedi . . . Mas, justos céus!
Nem ouso
Repetí-lo. É que fui bastante audacioso.

ROXANA, *um pouco desiludida*
Não quereis insistir?

CYRANO Sem dúvida que insisto!...
Sem que insistir quisesse. O pejo vos contristo!

Esse beijo, afinal . . . pois não mo concedais!

CRISTIANO, *a Cyrano, puxando-o pela capa*

Por quê?

CYRANO Chitom, Cristiano!

ROXANA, *debruçando-se*

O que é que murmurais?

CYRANO Censuro-me ter tido aquela audácia imensa,
E dizia: "Chitom, Cristiano!"
(As teorbas tocam).
Com licença!
(Roxana fecha a janela. Cyrano escuta as teorbas que tocam — uma: uma ária alegre, outra: uma ária triste).
Ária triste? Ária alegre? Assim não adivinho
Se é homem, se é mulher... Que vejo! Um capuchinho!
(Entra um capuchinho, que examina as portas das casas com um lampião na mão).

CENA VIII

CYRANO, CRISTIANO, *o* CAPUCHINHO

CYRANO, *ao capuchinho*

Que buscais por aqui, Diógenes moderno?

O CAPUCHINHO A casa da senhora. . .

(Procura um nome).

CRISTIANO, *baixo a Cyrano*

Estorva-nos! Que inferno!

O CAPUCHINHO Madalena Robin. . .

CRISTIANO Que intuito. . .

CYRANO, *mostrando ao frade uma rua que sobe*

Por aqui!... Em frente, sempre em frente!

O CAPUCHINHO Eu vou rezar por ti

De ponta a ponta, filho, as contas do rosário.

(Sai).

CYRANO Venturas! Deus vos siga em vosso itinerário!

(Desce para Cristiano).

CENA IX

CRISTIANO, CYRANO

CRISTIANO Consegue o beijo!

CYRANO Não.

CRISTIANO Mas, tarde ou cedo...

CYRANO, *como consigo mesmo*

Creio!
Há de chegar um dia o tentador enleio:
Essa hora de atração, lasciva e capitosa
Entre o louro bigode e o lábio cor de rosa.
Antes seja por mim que eles . . .
(Ruido de caixilhos que se abrem.
Cristiano oculta-se debaixo da sacada).

CENA X

CYRANO, CRISTIANO, ROXANA

ROXANA, *assomando à sacada*
Sois vós, não sois?
Faláveis de . . . de um . . .

CYRANO Beijo; o nome é doce. E, pois,
Para o lábio hesitar, motivo é que não vejo.
Se ao nome ele se inflama, o que faria ao beijo?
Não vos deixeis tomar de repentino susto;
Deixastes o gracejo, aos poucos e sem custo;
Deslizastes, após, sem comover-vos tanto
Do sorriso ao suspiro e do suspiro ao pranto;
Basta-vos deslizar dos olhos para a boca:
Das lágrimas ao beijo a diferença é pouca.

ROXANA Calai-vos!

CYRANO Mas. . . um beijo? O que é que se não peça?
Um voto que se faz mais perto; uma promessa
Mais firme; uma expressão que o fato corrobora;
Um ponto róseo no i do lábio que se adora;
Segredo que se diz. . . na boca; uma centelha
Do infinito, e que faz leve rumor de abelha;
Comunhão que nos dá de pétalas o gosto;
Modo de se aspirar o coração no rosto,
E de provar-se, um pouco, à flor dos lábios, a alma.

ROXANA Calai-vos!

CYRANO Sim! Um beijo é soberana palma:
A rainha de França a um lord, ao mais ditoso,
Um beijo concedeu. . .

ROXANA Portanto. . .

CYRANO, *exaltando-se*
Silencioso

Como ele, eu sufoquei a dor que me espezinha;
Como ele, triste, em vós adoro uma rainha,
Como ele, eu sou fiel . . .

ROXANA Como ele, meu querido,
És belo!

CYRANO, a parte, caindo em si
Sim! Sou belo! Eu tinha-me esquecido.

ROXANA Pois bem! Vinde buscar a vívida centelha!...

CYRANO, *baixo, impelindo Cristiano*
Sobe!

ROXANA . . . A flor sem rival!

CYRANO, *idem*
Sobe!

ROXANA . . . O rumor de abelha

CYRANO, *idem!*
Sobe!

CRISTIANO, *hesitante*
Mas quero crer que, assim procedo mal!

ROXANA . . . O coração no lábio!...

CYRANO, *como acima*
Avia-te, animal!
(Cristiano decide-se: e, pelo banco, folhagem e pilares, atinge os balaústres da sacada e transpõe-na).

CRISTIANO Ah! Roxana!
(Enlaça-a e dá-lhe um beijo).

CYRANO, *na sombra, à parte*
Ai de mim! Que lancinante dor!
Beijo! No teu festim sou lázaro de amor;
Contudo, uma sutil partícula, que é tua,
Dentro em meu coração nas trevas se insinua;
Pois no lábio que beija, em frívola doidice,
Roxana está beijando as frases que eu lhe disse.
(Ouvem-se as teorbas).
Ária triste, ária alegre: o capuchinho!

(Finge vir correndo de longe e, em voz clara).

Olá!

ROXANA Que é isso?

CYRANO Eu que cheguei. Cristiano inda aqui está?

CRISTIANO, *muito admirado*

Oh! Cyrano!

ROXANA Adeus, primo!

CYRANO Adeus, prima!

ROXANA Eu já desço!

(Desaparece dentro da casa.

Ao F. entra o capuchinho).

CRISTIANO, *avistando-o*

Oh! Ainda!

(Segue Roxana).

CENA XI

CYRANO, CRISTIANO, O CAPUCHINHO, RAGUENEAU

O CAPUCHINHO É por aqui: estou certo no endereço: Madalena Robin!

CYRANO Rolin foi o que ouvi.

O CAPUCHINHO Bin:
(Soletrando).
B — i — n

ROXANA, *aparecendo a Porta, seguida de Ragueneau, com uma lanterna*
Que há?

O CAPUCHINHO Trago uma carta.

CRISTIANO Aqui?

O CAPUCHINHO, *a Roxana*
Alguma santa coisa! A mão que vos escreve
É dum nobre senhor...

ROXANA, *a Cristiano*
De Guiche.

CRISTIANO, *a Roxana*
Ele se atreve?!

ROXANA, *baixo a Cristiano*
Mas eu vou pôr um termo a tantos dissabores!
Amo-te. E se ele ousar...
(Interrompe-se. À luz da lanterna de Ragueneau, lê, à parte).
"Senhora.
Os meus tambores
Rufam. Meu regimento enfia as sobrevestes;
Parte. Julgam-me ausente: e às ordens que me destes
Desobedeço. Fico. Estou neste convento.
Não tardo. O Portador é um cândido jumento
A quem, mercê de Deus, qualquer menino embaça.
Inda há pouco, eu vos vi sorrir com tanta graça,

Que me causou saudade o lábio nacarado.
Peço fiqueis a sós, — à espera deste ousado
Que mil Perdões vos pede e, vo-lo agradecendo,
Assina-se criado, etc. . .
(Fala ao capuchinho).
Reverendo,
Eis o que diz a carta. Ouvi:
(Todos se aproximam;
ela improvisa esta leitura em voz alta).
"Minha senhora.
Sujeitar-vos deveis, — contra vontade, embora,
Às ordens do cardeal. É isso o que motiva
Mandar-vos hoje mesmo, agora, esta missiva,
A fim de ser deposta em vossas mãos de arminho,
Por um sábio, discreto e santo capuchinho;
Queremos que vos dê, na vossa residência,
A bênção
(Vira a folha).
nupcial: recomendai-lhe urgência.
Esposareis Cristiano o mais secretamente;
Eu, sei que o detestais: mas tende bem presente
Que o Céu pode apagar desse rancor os laivos
E levar-vos em conta o zelo. Conformai-vos.
O respeito aceitai deste que vos impetra
A graça de vos ser amigo e servo . . . etc."

O CAPUCHINHO, *radiante*
Nobre e digno senhor! O caso não me espanta:
Só podia ser mesmo alguma coisa santa!

ROXANA, *baixo a Cristiano*
Que dizeis? Não sei ler epístolas?

CRISTIANO, *duvidoso*
Hum!

ROXANA, *alto, com, fingido desespero*
Ai!

Que horror!

O CAPUCHINHO, *projetando a luz sobre Cyrano*

Sois vós?

CRISTIANO Sou eu.

O CAPUCHINHO, *voltando a luz para Cristiano e hesitando ao vê-lo tão lindo*

Mas. . .

ROXANA, *rapidamente, fingindo ler*

"Nota bene: Dai
Cento e vinte dobrões para o convento."

O CAPUCHINHO Digno
Senhor!
(A Roxana).
Resignação, filhinha!

ROXANA, *em tom de mártir*

Eu me resigno.
(Enquanto Ragueneau, abre a porta ao capuchinho, que Cristiano convida para entrar, ela diz baixo a Cyrano:)
Não tarda aí De Guiche! É bom que o demoreis
Enquanto.

CYRANO Percebi.
(Ao capuchinho).
Que tempo gastareis
Na cerimônia?

O CAPUCHINHO Um quarto. . .

CYRANO, *interrompendo-o e empurrando-o para a porta*

Entrai, que eu fico fora.

ROXANA, *a Cristiano*

Vem!
(Entram Ragueneau, o capuchinho, Roxana e Cristiano).

CENA XII

CYRANO (só)

CYRANO Como entreterei De Guiche um quarto de hora?
(Sobe a um banco, trepa ao muro
em direção à sacada).
Isto! Já fiz meu plano!
(As teorbas começam a tocar uma ária lúgubre).
Alguém se aproximou!
(O trêmulo torna-se cada vez mais triste).
E é homem desta vez!
(Chegou à sacada; derriba o chapéu sobre os olhos,
tira a espada, enrola-se na capa; depois inclina-se,
olhando para baixo).
Inda está baixo!
(Passa a perna nos balaústres e, atraindo para si um
longo ramo da árvore que roça no muro do jardim,
agarra-se a ele com ambas as mãos,
pronto a se deixar cair).
Eu vou
Perturbar levemente o ar circunvizinho!

CENA XIII

CYRANO, DE GUICHE

DE GUICHE, *mascarado, tateando*

Que fim terá levado aquele capuchinho?

CYRANO E se ele reconhece a minha voz?

(Larga uma das mãos e dá volta no espaço
com uma chave imaginária).

Cric! Crac!

(Solenemente).

Cyrano! Imita a fala usada em Bergerac!

DE GUICHE, *olhando para a casa*

Eis a casa... — Esta mascara!... As trevas desta rua!

(Vai para entrar — Cyrano salta da sacada e, segurando o ramo que verga e o depõe entre a porta e De Guiche, finge cair pesadamente como se fora de muito alto e deita-se no chão, onde fica imóvel, como que aturdido. — De Guiche dá um pulo para trás).

Hem? Que é isto?

(Ergue os olhos, mas o ramo já voltou à posição natural, de sorte que ele vê apenas o céu e não compreende o fato).

Mas donde ele caiu?

CYRANO, *sentando-se: com sotaque da Gasconha*

Da lua!

DE GUICHE Da...?

CYRANO, *como quem fala em sonho*

Que horas?...

DE GUICHE Pior! É doldo?

CYRANO Que horas são?

e mundo? Que país? Que dia? Que estação?

DE GUICHE as...

CYRANO	Acho-me aturdido!
DE GUICHE	Eu quero...
CYRANO	Como um raio, Caio da lua!
DE GUICHE	Mas, senhor...
CYRANO,	levantando-se e em voz terrível Da lua caio!
DE GUICHE,	*recuando* Sim: da lua, já sei! Talvez seja demente.
CYRANO,	*avançando para ele* E olhe, que não caí metaforicamente!
DE GUICHE	Mas...
CYRANO	Há séculos talvez, talvez há dez segundos. — Não sei que tempo andei nos páramos profundos — Parti daquela bola açafroada!
DE GUICHE,	*encolhendo os ombros* Eu sei. Mas deixai-me passar.
CYRANO,	*interpondo-se* Mas onde estou? Dizei! Falai sério, falai! Dos mundos em que ponto Vim cair qual se fosse um meteoro tonto?
DE GUICHE	Apre!
CYRANO	Ao cair não fiz escolha do lugar Do meu destino: — assim, não sei onde vim dar. Foi numa terra, mesmo, ou noutro qualquer astro Que me depôs agora o peso do canastro?
DE GUICHE	Mas digo-vos, senhor...
CYRANO,	*com um grito de terror, que faz recuar* De Guiche Ai! Deus! neste planeta Os homens têm a cara inteiramente preta!
DE GUICHE,	*levando a mão ao rosto* Como?

CYRANO, *em tom enfático*

Sois Argelino? A vossa cor me aterra!

DE GUICHE A máscara!...

CYRANO, *fingindo tranquilizar-se*

É Veneza ou Gênova esta terra?

DE GUICHE, *querendo passar*

Espera-me uma dama...

CYRANO, *tranquilo de todo*

Então, isto é Paris.

DE GUICHE, *sorrindo a seu pesar*

Que ratão!

CYRANO Rides?

DE GUICHE Sim; porque me divertis;

Mas quero...

CYRANO, *radiante*

Eis-me em Paris! Que trambolhão de arromba!

(*Inteiramente à vontade; rindo-se, sacudindo-se, saudando*).

Desculpai-me: eu cheguei na derradeira tromba.
Sujo de éter estou. Nos olhos sinto o peso
Do pó dos astros d'ouro. E nas esporas, preso,
Um planeta deixou-me um pouco do seu pelo.

(Tirando alguma coisa da manga).

Vede; um cometa encheu-me a roupa de cabelo.

(Sopra como para limpá-lo da manga).

DE GUICHE, *fora de si*

Irra!

CYRANO, *no momento em que ele vai passar, põe-lhe diante a perna, como para mostrar nela uma coisa*

A *Ursa Maior* ferrou-me aqui um dente
Na barriga da perna. E próximo ao *Tridente*,
Como quis evitar ferir-me nas três lanças,
Desviei-me... e caí sentado nas *Balanças*,
Cujo fiel, nos céus, meu peso agora diz!

(Impedindo vivamente De Guiche de Passar, agarrando-o por um botão do gibão).
Se me apertardes bem com os dedos o nariz,
O leite espirrará!

DE GUICHE Leite? Como?

CYRANO Da *Via*
Láctea!

DE GUICHE Mas pelo inferno!

CYRANO O céu é que me envia.
(Cruzando os braços).
Crede-me: eu vi na queda um caso interessante:
Sirius, para dormir, se envolve num turbante.
(Confidencial).
Quanto à *Ursa menor*, não morde: é tão pequena!
(Rindo).
Uma corda da *Lira* arrebentei! Que pena!
(Enfatuado).
Mas farei disso tudo um próximo tratado;
E trago no gibão grosseiro e chamuscado
Estrelas que apanhei, correndo enormes riscos,
E hei de imprimir no livro, à guisa de asteríscos!

DE GUICHE Porém... quero...

CYRANO Escutar-me? Eu sou condescendente

DE GUICHE Senhor!

CYRANO Então quereis que eu narre verbalmente
A lua como é feita, ou mesmo se alguém vive
Nessa cucurbitácea em que morando estive?

DE GUICHE, *gritando*
Eu! Não! — Quero...

CYRANO Pois bem: saber como subi?
De um modo original, que eu próprio descobri.

DE GUICHE, *desanimado*
É louco!

CYRANO, *desdenhoso*

Eu pus de parte Arquitas e seu pombo
E de Regiomontano o maquinismo.
Zombo desses meios.

DE GUICHE Se é louco, é sapiente!

CYRANO, *soberbo*
Não fiz o que se fez antecedentemente!
(De Guiche, tendo conseguido afastá-lo, encaminha-se para a porta de Roxana. Cyrano segue-o, disposto a segurá-lo).
Seis meios inventei de penetrar no empíreo!

DE GUICHE, *voltando-se*
Seis!

CYRANO, *com volubilidade*
Pondo o corpo meu despido como um círio,
Podia-o guarnecer de frascos de cristal
Cheios d'água do céu, do orvalho matinal,
E, exposto à luz do sol, o sol me sugaria,
Ao sugar o licor das lágrimas do dia!

DE GUICHE, *surpreso e dando um passo para Cyrano*
Pois bem! Já temos um!

CYRANO, *recuando a fim de atraí-lo para outro lado*
E, a fim de dar meu surto,
Podia introduzir o vento, mesmo a furto,
Rarefazendo o ar nalgum caixão de cedro
Com lâminas de espelho armando icosaedro.

DE GUICHE, *dando mais um passo*
Dois!

CYRANO, *como acima*
Mecânico — artista, eu penso neste alvitre:
Um gafanhoto de aço; e fogos de salitre
Que em várias explosões as molas agitassem,
Levando-me à campina onde as estrelas pascem!

DE GUICHE, *seguindo-o insensivelmente e contando pelos dedos*
Três!

CYRANO E, como a fumaça eleva-se no ar,
Soprá-la num balão capaz de me elevar.

DE GUICHE, *como acima e cada vez mais espantado*
Quatro!

CYRANO E, como Selene, ao ter a face nula,
Suga o tutano aos bois, untar-me de medula.

DE GUICHE, *estupefato*
Cinco!

CYRANO, *que o tem trazido até o lado oposto, junto a um banco*
Sentar-me, enfim, numa bandeja de aço,
D'imã pegar num pouco e o sacudir no espaço:
Excelente processo: a pedra sobe ao céu,
Segue-lhe o aço atrás, qual segue o bom lebreu
À caça. E repetindo o método, podeis
Subir... subir... subir... quando quiserdes.

DE GUICHE Seis!
Bem. Mas para subir à imensidade infinda
Qual preferistes vós?

CYRANO Um sétimo.

DE GUICHE Outro ainda!
Qual foi?

CYRANO Apostarei que a ideia vos não vem. . .

DE GUICHE O caso é que o patife as horas entretém.

CYRANO, *fazendo o marulho das vagas,*
com largos gestos misteriosos
Huh!... Huh!...

DE GUICHE Hem?

CYRANO Percebeis?

DE GUICHE Nada!

CYRANO A maré montante
Sim! Quando a lua atrai a vaga sussurrante,
No mar tomei um banho, e pus-me à beira-mar.
E nesta posição, tendo a cabeça ao ar,
Porque sempre o cabelo é que mais tarde enxuga.
Como um anjo subi. Naquela grande fuga

Eu ia devagar, sem dar estremeção,
Quando senti um choque... Então...

DE GUICHE, *arrastado pela curiosidade e sentando-se no banco*
Então...

CYRANO Então...
(Recuperando a fala natural).
Passou o quarto de hora: eu posso libertar-vos.
Pois fez-se o casamento.

DE GUICHE, *erguendo-se dum salto*
Eu sou o rei dos parvos!
Essa voz...
(Abre-se a porta da casa: aparecem lacaios com luzes.
Cyrano tira o chapéu).
O nariz!... Cyrano!... Vós?

CYRANO Cyrano! Acaba de os casar o vosso franciscano.

DE GUICHE Casar? Quem?
(Volta-se. — Quadro. — Atrás dos lacaios»
Roxana e Cristiano dando as mãos.
O capuchinho segue-os, sorrindo.
Ragueneau traz também um archote. — A Aia fecha
a marcha, espantada e em trajes menores).
Céus!

CENA XIV

OS MESMOS, ROXANA, CRISTIANO, O CAPUCHINHO, RAGUENEAU, LACAIOS, A AIA

DE GUICHE, *a Roxana*
Vós!
(Reconhecendo, admirado, Cristiano)
Ele!
(Saudando Roxana com admiração).
Ah! Sois das mais espertas.
(A Cyrano).
Parabéns, mestre autor de grandes descobertas!
A vossa narração demoraria um santo
Junto à porta do Céu. Se a retocais um tanto,
Acho que um livro bom fareis de tudo aquilo.

CYRANO, *curvando-se*
É vosso parecer? Obrigo-me a seguí-lo.

O CAPUCHINHO, *mostrando os recém-casados a De Guiche e meneando a longa barba branca*
Meu filho! Haveis ligado um par muito formoso.

DE GUICHE, *olhando-o friamente*
Sim.
(A Roxana).
Vós, dizei adeus, senhora, ao vosso esposo.

ROXANA Por quê?

DE GUICHE, *a Cristiano*
Juntai-vos hoje ao vosso regimento,
Que parte.

ROXANA Para a guerra?

DE GUICHE E já, neste momento.

ROXANA Os cadetes, porém, não marcham...

DE GUICHE Marcharão.

(Tira o papel que guardara no bolso).
Eis a ordem.
(A Cristiano).
Depressa! Ide-a levar, barão.

ROXANA, *lançando-se nos braços de Cristiano*
Cristiano!

DE GUICHE, *escarninho, a Cyrano*
Inda está longe a noite do noivado.

CYRANO, *à parte*
E ele supõe causar-me um grande desagrado.

CRISTIANO, *a Roxana*
Roxana! Um beijo mais!
(Beija-a).

CYRANO Oh! Basta! A lei é lei!

CRISTIANO, *continuando a beijar Roxana*
Oh! Deixá-la é cruel! Se tu souberas...

CYRANO, tentando levá-lo
Sei.
(Ouvem-se os rufos dos tambores em marcha).

DE GUICHE, *que subiu,*
O regimento parte!

ROXANA, *a Cyrano, retendo Cristiano, que ele procura levar*
Eu vo-lo entrego, amigo!
Vede que ele não corra o mínimo perigo!
Prometei...

CYRANO Vou tentar... Não posso inteiramente
Prometer...

ROXANA, como acima
Prometei que ele será prudente!

CYRANO Sim, tentarei, porém...

ROXANA, *como acima*
Que na campanha horrível
Frio nunca terá!

CYRANO Farei quanto possível.

Porém. . .

ROXANA, *como acima*

Que ele há de ser fiel!

CYRANO Eu sei! Porém. . .

ROXANA, *como acima*

Que há de escrever-me!

CYRANO, *parando*

Ah! Isso, eu vos prometo! E bem!

(CAI O PANO)

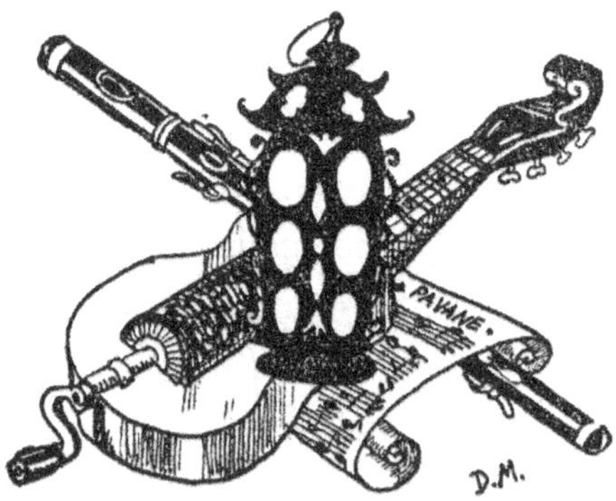

Quarto Ato

QUARTO ATO

OS CADETES DA GASCONHA

O posto ocupado pela COMPANHIA *de* Carbon-de-Castel-Jaloux *no sítio de* ARRAS. *Ao F., trincheira atravessando a cena. Além, avista-se um horizonte de planície; o campo coberto com as obras do cerco. Os muros de Arras e o contorno vago das casas, no céu, muito longe. — Barracas; armas esparsas; tambores, etc. — Vai amanhecer. O Oriente colora-se. — Sentinelas espaçadas. Fogueiras.*

Envoltos nos capotes, os Cadetes da Gasconha dormem.

Velam somente Le Bret, Carbon e as sentinelas. Carbon, Le Bret e os que dormem estão todos pálidos e desfigurados. No 1.º plano, com o rosto iluminado por uma fogueira, dorme entre os outros, envolvido na capa, Cristiano de Neuvillete. Silêncio.

CENA I

CRISTIANO, CARBON DE CASTEL-JALOUX,
LE BRET, *os* CADETES, *depois* CYRANO

LE BRET — Que horror!
CARBON — Sim: nada mais!
LE BRET — Mordious!
CARBON, *fazendo-lhe sinal de falar baixo*
Pragueja embora,
Mas baixinho!
(Aos cadetes).
Dormi!...
(A Le Bret).
Que o sono revigora!
LE BRET — Bem fraca nutrição para quem não dorme à larga.
Que penúria!
(Ouvem-se tiros ao longe).
Ah! Com a breca! Estúpida descarga!
Eles vão despertar!
(Aos cadetes que levantam a cabeça).
Deitai-vos!
(Eles deitam-se. — Ouvem-se tiros mais perto).
UM CADETE — Recomeça?
CARBON — Deitai-vos! É talvez Cyrano que regressa.
(As cabeças tornam a deitar-se).
UMA SENTINELA, *fora*
Ventrebieu! Quem vem lá?
A VOZ DE CYRANO — Cyrano!
A SENTINELA, *de cima do talude*
Quem vem lá?
CYRANO, *aparecendo no alto da escarpa*
Bergerac, imbecil!

(Desce. Le Bret vai-lhe ao encontro).

LE BRET Graças a Deus! Aí está!

CYRANO, *fazendo-lhe sinal para não despertar os outros*
Chut!

LE BRET Ferido?

CYRANO O inimigo aferra-se ao costume:
Fazer-me fogo. . . e errar!

LE BRET Que proporções assume
Arriscares-te assim, para levar por dia,
Uma carta. . .

CYRANO, *parando perto de Cristiano*
Eu jurei que ele lhe escreveria. . .
(Contemplando-o).
Dorme. Se ela soubesse o estado de abandono. . .
A palidez. . . Porém. . . tão lindo!

LE BRET Hás de ter sono:
Vai dormir!

CYRANO Ó Le Bret! Não ralhes!... Eu te digo:
No lugar onde passo as linhas do inimigo
Os espanhóis estão curtindo as libações.

LE BRET Nem sequer uma vez nos trazes provisões!

CYRANO Leve, passo melhor. Mas hoje, com certeza,
Haverá novidade. A guarnição francesa
Ou morre, ou comerá, se é que meus olhos. . .

LE BRET Conta!

CYRANO Não. Mais tarde vereis. . . Eu não sei bem. . .

CARBON Que afronta!
Pôr em sítio uma praça e perecer de fome!

LE BRET É um sítio original: nem lhe convém tal nome:
Nós cercamos Arras; mas, por seu turno, vem
O Infante de Castela e cerca-nos também.

CYRANO Se outros vêm sitiá-lo, a coisa é divertida.

LE BRET Eu não gracejo!

CYRANO Oh! Oh!

LE BRET Pores em risco a vida,
Cada manhã, sem ter necessidade alguma,
Para levar...
(Vendo-o dirigir-se para a barraca).
Onde vais?

CYRANO Vou escrever mais uma.
(Levanta o pano da barraca e desaparece).

CENA II

OS MESMOS, *menos* CYRANO

(O dia tem clareado um pouco. Clarões róseos. A cidade se doura no horizonte. Ouve-se um tiro de canhão imediatamente seguido dum rufo de tambores, muito ao longe, para a E. Outros tambores rufam mais perto. Os toques se vão respondendo e aproximando, rebentam quase em cena e vão-se afastando gradualmente para a D., percorrendo o acampamento. Rumores do despertar. Vozes longínquas de oficiais).

CARBON, *com um suspiro*
Alvorada!
(Os cadetes remexem-se dentro dos capotes e se espreguiçam).
O acordar! O alento que se some!
O que eles vão dizer... sei de antemão!

UM CADETE, *sentando-se*
Que fome!

OUTRO Morro!

TODOS Ai!

CARBON De pé!

TERCEIRO CADETE Não posso!

QUARTO CADETE E eu nem sequer me sento!

O PRIMEIRO, *mirando-se num fragmento de couraça*
Que língua suja! . . . Infame indigestão de vento!

OUTRO Por um pouco de queijo eu dava o baronato!

OUTRO Eu, se alguém não me encher o côncavo do prato
De coisa que me limpe o estômago da bílis,
Recolho-me, de vez, à tenda — como Aquiles.

OUTRO Pão!

CARBON, *indo à barraca onde Cyrano entrou; a meia voz*
Cyrano!

OUTRO — Ai! Que eu morro!

CARBON, *sempre a meia voz, à porta da barraca*

Acode-me depressa,
E, com teu belo humor, que de brincar não cessa,
Diverte-os!

SEGUNDO CADETE, *precipitando-se para o primeiro, que está mascando qualquer coisa*

Que róis tu, movendo tanto os queixos?

PRIMEIRO CADETE — A estopa que se frege em graxa para os eixos
Das carretas de peça: e que remédio?
A caça
Nestas terras de Arras é coisa muito escassa.

OUTRO, *entrando*

Eu cacei.

OUTRO, *idem*

E eu pesquei ali, no rio Scarpa.

TODOS, *de pé, precipitando-se para os recém-chegados*

— Que trazeis? —
— Um faisão?
— Que foi?
— Alguma carpa?
— Mostrai! Mostrai! Mostrai...

O CAÇADOR — Um pardal!

O PESCADOR — Um cadoz!

TODOS, *desesperados*

— Revoltemo-nos! — Basta! — Isso é demais!

CARBON — A nós!...
Cyrano!
(Acaba de amanhecer).

CENA III

OS MESMOS *e* CYRANO

CYRANO Hem?
(Silêncio. Ao Primeiro cadete).
Que tens tu, que marchas de tal modo?

PRIMEIRO CADETE Tenho um peso nos pés, ao qual não me acomodo!

CYRANO Qual?

PRIMEIRO CADETE O estômago.

CYRANO É mal que também eu padeço.

PRIMEIRO CADETE Não desanimas, tu?

CYRANO Pelo contrário: cresço

SEGUNDO CADETE Tenho a barriga a dar horas.

CYRANO Toca a do rancho.

TERCEIRO CADETE Curtir fome é cruel!

CYRANO Põe-na a secar num gancho.

OUTRO Por um pão dava um quarto ao próprio Satanás.

CYRANO Come o que ele amassou: de graça o comerás.

OUTRO Oh! Quem me dera um peixe!

CYRANO, *tirando-lhe rápido a espada e apresentando-lha*
Um peixe... espada?

OUTRO, *desesperado*
Eu quero
Devorar qualquer coisa!

CYRANO, *arremessando-lhe o livro que tem na mão*
A Iliada de Homero.

OUTRO O ministro em Paris tem sempre farta a mesa.

CYRANO Deve mandar-te um pouco...

O MESMO E vinho... com certeza.

CYRANO Richelieu! *Be so kind!*... Olhai! Que o vinho tarda!

O MESMO Por um frade qualquer!

CYRANO Pela *eminência parda?*

OUTRO Vejo candeias!

CYRANO Vês? Tens certa a ceia!

PRIMEIRO CADETE, *encolhendo os ombros*
É assim:
O dito agudo, sempre!

CYRANO O dito agudo, sim!
Quem me dera, uma tarde alegre e cor de rosa,
Proferindo-o, morrer por uma causa honrosa!
E, dando, às mãos dum bravo, o derradeiro arranco,
Sobre a leiva da glória e num combate franco,
Sentir-me trespassar da morte sobre o leito,
Um dito agudo — o lábio —,
um ferro agudo — o peito.

GRITOS DE TODOS Tenho fome!

CYRANO, *cruzando os braços*
E que tal! Só pensam no rancheiro!
— Anda cá, Bertrandou, meu velho pegureiro!
Desse teu duplo estojo um pífano destaca!
Sopra!... E faze animar toda essa gente fraca!
Tange as árias da serra — essa harmonia amena
Que amamos tanto quanto a nossa irmã pequena,
Árias em que se sente alguém que nos abraça,
E cuja lentidão é a mesma da fumaça
Que na aldeia natal cada tugúrio exala,
Árias que estão falando a nossa própria fala
(O velho senta-se e prepara o pífano).
A flauta, que se fez inimiga dos frágeis,
Recorde-se um momento — enquanto os dedos ágeis
Saltitam como pés de pássaro noviço —
Que antes de ser qual é, foi feita de caniço;
Que na simples canção relembra com surpresa
A própria juvenil e agreste singeleza!
(O velho começa a tocar uma ária do Languedoc).
Escutai-a, gascões! Não é, sob os seus dedos,

O pífano da guerra, é a flauta dos silvedos;
A trompa já não é de intrépidos guerreiros;
É a flauta do pastor, a avena dos cabreiros;
Escutai! É a charneca, o vale, o matagal;
E, sob o gorro alegre, o moreno zagal!
É a verde amenidade! As noites do Dordonha!
Escutai-a, gascões! É a terra de Gasconha!
(Todas as frontes estão inclinadas;
todos os olhos devaneiam; — enxugam-se lágrimas
furtivas nas mangas e nas abas dos capotes).

CARBON, *baixo a Cyrano*
Ah! Faze-los chorar!

CYRANO Mas de saudade calma:
É mais nobre que a fome, e tem por sede a alma.
A tortura alojou-se um pouco mais acima
E sobe ao coração: que tem 'que ele se oprima?

CARBON Desperta-se a ternura e some-se a coragem.

CYRANO, *que fez sinal ao tambor para se aproximar*
Que importa! Esses heróis de súbito reagem
Sobre si mesmos! Basta. . .
(Faz um gesto: o tambor rufa).

TODOS, *acorrendo às armas*
— O que é? — Que temos?

CYRANO, *sorrindo*
Nada!
(A Carbon).
Vês? Bastou-lhes ouvir um toque de chamada.
E aldeia, sonho, lar, penas, saudade, amor,
Se do pífano vêm, dissipa-os o tambor!

UM CADETE, *que olha ao F.*
Ah! Ah! Eis O senhor De Guiche!

TODOS OS CADETES, *resmungando*
Hu...

CYRANO Lisonjeiro

Sussurro!

UM CADETE É de enojar!

OUTRO Aí traz, todo altaneiro,
Por cima da armadura, a gola de bordado.

UM CADETE Se linho sobre ferro é próprio dum soldado!

O PRIMEIRO Para ocultar um fruncho é muito prestadio.

O SEGUNDO Ora! Se é cortesão!

OUTRO Sobrinho de seu tio . . .

CARBON E é gascão!...

O PRIMEIRO Pode ser! Mas é falsificado!
O gascão deve ser um pouco tresloucado:
Um gascão de bom senso é com certeza um mal.

LE BRET Vem pálido!

OUTRO E em jejum como qualquer mortal,
São de prata dourada os cravos da armadura,
Por isso brilha ao sol a cãibra que o tortura.

CYRANO, *vivamente*
Disfarcemos a fome. É bom não darmos parte
De fracos. É jogar. . . fumar. . . Vou ler Descartes.
(Passeia de um lado para outro e lê num livrinho que tirou do bolso. — Quadro. De Guiche entra. Todos se fingem absortos e satisfeitos. Ele está pálido. Dirige-se para Carbon).

CENA IV

OS MESMOS, DE GUICHE
Bom dia!
(Os dois se observam, Â parte, com satisfação).
Ele está verde!

CARBON, *idem*
Ele só tem os olhos!

DE GUICHE, *olhando para os cadetes*
Eis os rebeldes. . . não? Sois vós que, sem refolhos,
Me difamais. Eu sei com quanta desestima
Os cadetes gascões — nobres de serra-acima,
Barões de Perigord, fidalgos bearneses —
Tratam seu coronel; eu sei que muitas vezes
Me chamam cortesão; nem gostam de que faça
Uso de renda fina em torno da couraça;
E não podem sofrer que, de Gasconha filho,
Eu não seja revel, nem seja maltrapilho.
(Silêncio, Joga-se. Fuma-se).
Punições para vós decerto não exijo
Do vosso chefe.

CARBON Sim. Nem punições inflijo:
Sou livre.

DE GUICHE Ah!

CARBON Sou quem paga a minha companhia:
Só as ordens de guerra eu cumpro.

DE GUICHE Ah! não sabia! Isto basta.
(Dirigindo-se aos cadetes).
Eu sei rir de tais fanfarronadas.
Sabeis de que maneira afronto as mosquetadas.
Eis a prova: ontem mesmo, as posições deixou-me
O conde de Bucquoi nos campos de Bapaume:

Em massa, contra os seus, a minha gente arranca
E três vezes carrega!...

CYRANO, *sem levantar o rosto do livro*
E a vossa faixa branca?

DE GUICHE, *surpreso e satisfeito*
Sabeis desse episódio? — É fato. Num circuito
Que eu fazia a cavalo, em torno aos meus, no intuito
De metê-los em linha e darmos a avançada,
Um troço que fugia e vinha em debandada
Sobre a fila inimiga, em seu terror, me lança.
Vi-me perdido. Mas. . . salvou-me uma lembrança:
Desatei sutilmente e fiz escorregar
A faixa que me indica o posto militar;
E, sem ninguém me ver, saí, deixando à ilharga
O exército espanhol; depois, voltando à carga,
Ajudado dos meus, a destroçá-lo parto.
E venço-os! — Que dizeis? Que achais?
(Os cadetes parece que não ouviram;
mas, aqui, as cartas e os copos de jogar ficam
suspensos; o fumo dos cachimbos fica nas bocas).

CYRANO Que Henrique IV
Não veria ante si nem força nem barranco
Que o pudessem privar do seu penacho branco.
(Alegria tácita. Baixam-se as cartas.
Rolam-se os dados. Escapa-se o fumo).

DE GUICHE Mas o ardil não foi mau, porque me pôs a salvo.
(A mesma expectativa suspende cartas,
copos e cachimbos).

CYRANO E a honra de servir aos inimigos de alvo?
Dessa — não se abre mão.
(Cartas, dados, fumo — baixam, caem,
fogem com satisfação crescente).
Quisera estar presente
— Eis no que o meu valor do vosso é diferente —

Que, levantando a faixa, eu mesmo a cingiria.

DE GUICHE Fanfarria gascã, bravatas!

CYRANO Fanfarria?
Cedei-ma, que eu me presto a dar uma investida
Hoje à tarde, levando-a, ao peito meu cingida.

DE GUICHE Oferta de gascão. Vós bem sabeis que a faixa
Ficou do lado oposto e na margem mais baixa
Do Scarpa; que, além disso, o ponto onde a perdi
A metralha o crivou sem tréguas...

CYRANO, *tirando da algibeira a faixa branca e mostrando-lha*
Ei-la aqui.
(Silêncio. Os cadetes abafam os risos nas cartas e copos. De Guiche volta-se e fita-os; imediatamente eles recobram a gravidade e recomeçam a jogar; um trauteia indiferente a ária pastoril do pífano).

DE GUICHE, *tomando a faixa*
Obrigado. Vou dar com ela um certo aviso:
Já não tenho razões para estar indeciso.
(Sobe a escarpa e agita por várias vezes a faixa no ar).

TODOS Hem?

A SENTINELA, *do alto da trincheira*
Lá foge a correr um vulto. Quem vai lá?

DE GUICHE, *descendo*
Um fingido espião do castelhano: está
Prestando-nos auxílio. Eu sou quem tudo informa
Para que ele o transmita aos espanhóis; de forma
Que se pode influir nos passos que vão dando.

CYRANO Um traidor

DE GUICHE, *atando negligentemente a faixa*
Vantajoso. — Estávamos falando...
— Ah! Sim! O Marechal, tentando um golpe ousado
No intuito de prover o exército cercado,
Partiu para Dourlens a ter com os provisores
Do Rei; foi ontem mesmo, à noite e sem tambores

Porém, para voltar sem ter dificuldade,
Levou tropa consigo em tanta quantidade,
Que mal será de nós se formos agredidos:
À metade da gente estamos reduzidos.

CARBON Oh! Sim! Fora bem mau se os espanhóis soubessem...
Mas não conhecem, creio, o fato...

DE GUICHE Pois conhecem: Vêm atacar-nos.

CARBON Ah!

DE GUICHE Por meio do espião
Aviso recebi de próxima agressão.
Disse ele: "Se o quereis, eu mesmo lhes aponto
"Qual o sítio do ataque; assinalai-me o ponto:
"Que as forças do inimigo hei de arrastar ali,
"Como o lugar mais fraco." " Aceito, respondi";
— Correi com a vista a linha: o ponto bem preciso
Há de ser o lugar donde vos der aviso.

CARBON, *aos cadetes*
Senhores, preparar!
(Todos se erguem. Ruído de espadas
e de cinturões que se atacam).

DE GUICHE Falta uma hora!

PRIMEIRO CADETE Ah! Bem!
(Tornam a sentar-se. Recomeçam as partidas).

DE GUICHE, *a Carbon*
É mister ganhar tempo. O marechal já vem.

CARBON E então, para o ganhar...

DE GUICHE Tereis a cortesia
De receber a morte...

CYRANO Uma vingança fria?...

DE GUICHE Não direi que; se vós e os vossos camaradas,
Fossem perante mim pessoas estimadas,
Vos escolhesse; não, Mas tendes tal valor,
Que vou servir ao Rei, servindo o meu rancor,

CYRANO Muito vos agradeço o duplo sentimento.

DE GUICHE A vossa intrepidez, que luta contra cento,
Desta vez não terá que ficar tristonha.
(Sobe com Carbon).

CYRANO, *aos cadetes*
Pois bem! Vamos juntar às armas da Gasconha,
Que têm seis chaveirões de cor azul e d'Ouro,
Um, — que seja de sangue e fique imorredouro.
(De Guiche conversa ao F. com Carbon. Dão-se
ordens. Prepara-se a resistência. Cyrano dirige-se
para Cristiano, que tem ficado imóvel, com
os braços cruzados, e põe-lhe a mão no ombro).
Que tens?

CRISTIANO Roxana!

CYRANO Então!...

CRISTIANO Se o coração pudesse
Exprimir numa carta as mágoas que padece. . .

CYRANO Eu suspeitava que hoje era talvez o fim,
(Tira um bilhete do gibão).
E esse adeus escrevi.

CRISTIANO Mostra-mo.

CYRANO Queres?

CRISTIANO, *tomando-lhe a carta*
Sim.
(Abre, lê e detém-se).
Hem?!

CYRANO Que foi?

CRISTIANO Esta nódoa?

CYRANO, *tomando-lhe a carta e olhando ingenuamente*
Uma nódoa?

CRISTIANO Um vestígio
De pranto.

CYRANO Ah! Certamente: efeito do prestígio
Da poesia. Bem vês: a carta era de mágoa;
Quis torná-la perfeita: enchi os olhos d'água,

CRISTIANO D'água?

CYRANO Porque. . . morrer. . . morrer é bagatela!
Mas... nunca mais a ver. . . morrer tão longe dela,
Que horror...! Sim! Que eu não a...
(Cristiano fita-o).
...nós não a...
(Vivamente).
...tu não a...

CRISTIANO, *arrebatando-lhe a carta*
Oh! Dá-me esse papel!
(Ouve-se rumor ao longe, no acampamento).

A VOZ DUMA SENTINELA Ventrebieu! Quem vem lá?
(Tiros. Ruído de vozes. Guizos).

CARBON Que é isso?

A SENTINELA, *que está na escarpa*
Um coche.
(Todos Precipitam-se para ver).

GRITOS — Aqui? No campo?
— Entrou agora!
— Vem do campo inimigo!
— Atirai!
— Não, por ora!
— O cocheiro gritou!
— Que foi que ele gritou?
— Da parte do Rei!
(Todos subiram à escarpa e olham para fora.
O som dos guizos aproxima-se).

DE GUICHE Quê? Do Rei?! Que se passou?
(Todos descem e se enfileiram).

CARBON Descobri-vos!

DE GUICHE, *para os bastidores*
Do Rei! — Lugar, mesquinha gente!
A fim de que ele trace a curva largamente!
(O coche entra a trote largo.

Vem coberto de lama e Poeira.
As cortinas estão cerradas. Dois lacaios atrás.
Para de repente).

CARBON, *gritando*
Marcha batida!
(Rufo de tambores. Todos os cadetes se descobrem).
Abaixo o estribo!
(Correm dois homens e baixam o estribo).

ROXANA, *saltando do coche*
Guarde-os Deus!
(O som duma voz feminina anima de Pronto
aquela gente imersa em tristeza. Estupefação).

CENA V

OS MESMOS *e* ROXANA

DE GUICHE	Vós, da parte do Rei!
ROXANA	Do Rei Amor!
CYRANO	Oh! Céus!
CRISTIANO,	*correndo para ela*
	Vós aqui?
ROXANA	Se este cerco estava tão moroso
CRISTIANO	Por quê?...
ROXANA	Logo o direi.
CYRANO,	*que, ao ouvir a voz de Roxana, ficou imóvel,*
	sem para ela voltar os olhos
	Fitá-la, ó Deus, nem ouso!
DE GUICHE	Ficais aqui?
ROXANA	Pois não!
DE GUICHE	Ficais?
ROXANA,	*alegremente*
	Se eu vo-lo digo!
	Quem me traz um tambor?
	(Trazem um tambor; ela senta-se).
	Muito obrigada, amigo.
	(Rindo).
	Fizeram fogo ao coche.
	(Altiva).
	Uma patrulha inteira!
	— É como o que levava a *Gata Borralheira*:
	Uma abóbora por caixa, e ratos de libré.
	(Enviando um beijo a Cristiano).
	Bom dia!
	(Olhando para todos).
	Mas aqui não se está bem; por quê?

Oh! Como é longe Arras!
(Reparando cm Cyrano).
Primo! Eu vos cumprimento.

CYRANO, *avançando*
Mas, como foi . . .

ROXANA Que achei o vosso acampamento?
Que espanto, grande Deus! Nada mais fácil: basta
Passar por onde passa a guerra, — que devasta.
Ah! Que horrores! Só vendo acreditara nisso!
Nada! Se é vosso Rei que exige tal serviço,
Prefiro o do meu Rei.

CYRANO Mas isso não responde
Por onde haveis passado incólume. . .

ROXANA Por onde?
Por entre os espanhóis.

PRIMEIRO CADETE São finas e matreiras...!

DE GUICHE Como pudestes vós passar entre as fileiras?

LE BRET Foi custoso, pois não?

ROXANA Nem tanto como achais.
Passei, mandando pôr a trote os animais.
Se um *hidalgo* qualquer mostrava ter uns visos
De altivo, eu lhe assentava algum dos meus sorrisos.
E, sendo os espanhóis — desculpem-me os franceses
— Dentre os povos do mundo, os povos mais corteses,
Eu passei.

CARBON Tal sorriso é franco passaporte:
Mas nunca se indagou qual era o vosso norte;
Onde íeis vós, assim?...

ROXANA Decerto, a cada instante;
E eu respondia então: "Vou ver o meu amante."
— Sem demora, o espanhol mais fero e carrancudo
Fechava a portinhola, amável e sisudo;
Com um gesto para o ar, que o Rei lhe invejaria,
Mandava em direção contrária a pontaria;

E respirando orgulho e rico de salero,
Deixando palpitar as plumas do sombrero,
Fazendo arfar a renda ao colo circunscrita,
Dizia: "*Passe usted, graciosa señorita!*"

CRISTIANO Mas, Roxana...

ROXANA Perdão, por ter-lhes eu mentido
Falando em "meu amante", A ver o "meu marido"
Quem me deixaria vir?

CRISTIANO Porém. . .

ROXANA Que é isso?

DE GUICHE É urgente
Sairdes!

ROXANA Eu!?

CYRANO Já! Sim!

LE BRET Depressa!

CRISTIANO Incontinenti!

ROXANA Como?

CRISTIANO, *embaraçado*
É que. . .

CYRANO, *idem*
Dentro em pouco. . .

DE GUICHE, *idem*
É tempo. Eu vos suplico. . .

CARBON, *idem*
É melhor...

LE BRET, *idem*
Vós deveis. . .

ROXANA Vão combater. Eu fico.

TODOS Oh! Não!

ROXANA, *pondo-se ao lado de Cristiano*
Se é meu marido!
(Lança-se-lhe nos braços).
Hei de morrer contigo!

CRISTIANO Porém. . . que tens no olhar?

ROXANA Que tenho? Já te digo.

DE GUICHE, *desesperado*

É um posto perigoso!

ROXANA Hem? Perigoso?

CYRANO Tanto

Que no-lo deu, a nós!

ROXANA, *a De Guiche*

Queríeis ver-me em pranto?

Viúva?

DE GUICHE Ah! Crede...

ROXANA Não! Meu senso nada escuta!

Não saio! Além do que, tem certo encanto a luta.

CYRANO Deveras! A preciosa heroica se apresenta!

ROXANA Senhor Bergerac, eu sou vossa parenta!

UM CADETE Tereis mil campeões!

ROXANA, *cada vez mais febril*

Cumpria que assim fosse!

OUTRO, *com transporte*

Íris perfuma o campo.

ROXANA E reparai que eu trouxe

Um chapéu que na guerra os animos inspira!

(Olhando para De Guiche).

Mas o Conde, também, por que se não retira?

Vai-se travar a luta . . .

DE GUICHE Isso é demais! Eu vou

Revistar meus canhões; e volto . . . Inda vos dou

Tempo de refletir! Pensai!

ROXANA Jamais!

(De Guiche sai).

CENA VI

OS MESMOS, *menos* DE GUICHE

CRISTIANO, *súplice*
Roxana!...

ROXANA
Nunca!

PRIMEIRO CADETE
Ela fica!

TODOS, *precipitando-se, atropelando-se, compondo-se*
— Oh! Diabo! Um furo na badana!
— Uma agulha! — Uma escova! — Um pente! — [Uma toalha!
— Tens ferro de frisar?! — Os punhos! — A navalha?!

ROXANA, *a Cyrano, que está instando com ela*
Nada! Ninguém fará com que daqui me ausente!

CARBON, *depois de se ter apertado, atacado, escovado, limpado o chapéu, endireitado a pluma, puxado os punhos, dirige-se a Roxana e diz cerimoniosamente*
Suponho que anuís a que vos apresente
Alguns desses heróis que em breve hão de gozar
A glória de morrer perante o vosso olhar.
(*Roxana inclina-se e espera, de pé, apoiada ao braço de Cristiano. Carbon apresenta).*
Barão de Peyrescous, senhor de Colignac!

O CADETE, *saudando*
Senhora. . .

CARBON, *continuando*
Casterac, barão de Cahuzac. —
De Malgouyre Estressac Lésbas d'Escarabiot. —
O senhor d'Antignac-Juzet. — Barão d'Hillot
De Blagnac-Saléchan-Castel. —

ROXANA
A quantos montam
Os nomes de que usais, senhores?

O BARÃO D'HILLOT Não se contam!

CARBON, *a Roxana*

Deixai cair o lenço.

ROXANA, *fazendo-o*

E por quê?

(Toda a companhia faz menção de ir apanhá-lo).

CARBON, *apanhando o lenço*

Doravante
Vai servir de estandarte e ser o mais brilhante
Que jamais tremulou por sobre as nossas tendas.

ROXANA, *sorrindo*

É pequeno demais.

CARBON, *atando o lenço à lança*

Eu sei: mas é de rendas.

UM CADETE, *aos outros*

Feiçãozinha gentil! Eu morro alegre, vendo-a;
Porém... não ter no bucho a mais pequena amêndoa!

CARBON, *indignado, ao cadete*

Falar em fome, quando uma mulher bonita!...

ROXANA Mas o clima de Arras o estômago me incita:
Eis a *lista*: eu reclamo empadas, carnes frias,
Iguarias que houver e vinhos.

UM CADETE Iguarias?

OUTRO Mas onde iremos nós buscá-las?

(Consternação).

ROXANA, *muito calma*

Ao meu coche.

TODOS Hem?

ROXANA Cumpre que o mistério agora desabroche:
Fitai o meu cocheiro, e nele, meus senhores,
Haveis de descobrir o rei dos servidores:
Guisa e tempera e aduba e trincha e serve e agrada!

OS CADETES, *precipitando-se para a carruagem*

Ragueneau! Ragueneau!

(Aclamações).

ROXANA, *seguindo-os com a vista*

Coitados!

CYRANO, *beijando-lhe a mão*

Boa fada!

RAGUENEAU, *de pé na boleia, como um charlatão na praça pública*

Senhores!

OS CADETES, *entusiasmados*

Bravo!

RAGUENEAU Absorto em ver as perfeições,

O inimigo não viu. passar as refeições.

(Aplausos).

CYRANO, *baixo a Cristiano*

Hum! Cristiano!

RAGUENEAU Entretido em vã galanteria,

Não viu . . . a galantina!

(Tira da boleia um prato de comida, que mostra)

CYRANO, *como acima*

Escuta-me: eu queria

Falar-te!

RAGUENEAU todo o olhar em Vênus tendo fito,

Não viu Diana, sutil, passar. . .

(Agita um quarto de carneiro).

. . .o seu cabrito.

(Entusiasmo.

O quarto de carneiro é arrebatado por vinte mãos).

CYRANO, *como acima*

Uma palavra!

ROXANA, *aos cadetes que descem carregados de víveres*

Ponde isso no chão! Cuidado!

(Põe a mesa sobre a relva, auxiliada por dois lacaios

que estavam imperturbáveis na traseira do coche.

Dirige-se a Cristiano, no momento em que

Cyrano ia *puxá-lo à parte).*

Ajudai-me também! Quereis?

RAGUENEAU Pavão trufado!

PRIMEIRO CADETE, *descendo radiante a cortar uma larga trincha de presunto*

Agora podem vir cortar-nos o gasnete!
Vamos ter um fartote...
(Emendando-se ao ver Roxana).
... ou antes, um banquete!

RAGUENEAU, *mostrando um coxim do coche*

Encheu-se este coxim de verdelhões!

TERCEIRO CADETE Desfaze-o!

(Ragueneau atira um coxim, depois outro e ambos são abertos. Risadas. Alegria).

RAGUENEAU, *atirando garrafinhas de vinho tinto*

Garrafas de rubi ...
(Idem, de vinho branco).
Garrafas de topázio!

ROXANA, *atirando a Cyrano uma toalha dobrada*

Abre-me essa toalha! E nada de detenças!

RAGUENEAU, *mostrando uma lanterna tirada do coche*

As lanternas também nos servem de despensas!

CYRANO, *baixo a Cristiano, enquanto os dois desdobram a toalha*

Antes que ela te fale, escuta-me, Cristiano.

RAGUENEAU, *cada vez mais lírico*

O cabo do chicote é um paio arlesiano!

ROXANA, servindo vinho

Se nos mandam matar, escusam-se atenções!
Desprezemos os mais! Tudo para os gascões!
Se De Guiche vier, ninguém lhe faz convite!
(Indo de um a outro).
Comei mais devagar! Que sôfrego apetite!
— Bebei! — Por que motivo estais chorando?

PRIMEIRO CADETE É bom!

ROXANA Sciu! — Branco ou tinto?
— Pão para o senhor de

[Carbon!

— Esse prato? — Uma faca! — E vós?

— Eu vos constranjo?

— Vou servir-vos. Champagne? — Apenas isso?

CYRANO, *que a segue com a vista, e ajudando-a a servir*

É um anjo!

ROXANA, *a Cristiano*

Vós?

CRISTIANO Nada!

ROXANA Um biscoitinho e moscatel. . . somente!

CRISTIANO, *procurando retê-la*

Dizei. . .

ROXANA Logo! Eu me devo àquela pobre gente.

Mais um pouco! Esperai!

LE BRET, *tendo subido ao F. para passar na ponta da lança, um pão a uma sentinela da escarpa*

De Guiche!

CYRANO Vá! Depressa!

Guardai tudo; talher, prato, colher, travessa!

Hop! — Disfarcemos!...

(A Ragueneau).

Sobe! E volta a ser cocheiro!

Tudo está pronto? . . Bem! Que venha!

(Num momento foi tudo escondido nas barracas, nas fardas, nos capotes, nos chapéus.

De Guiche entra vivamente e para de repente, fungando o ar. Silêncio).

CENA VII

OS MESMOS, DE GUICHE

DE GUICHE Que bom cheiro!

UM CADETE, *cantarolando desafinado*

Tró... ló . . .

DE GUICHE, *parando e fitando-o*

Que tendes vós? Estais muito corado!

O CADETE Eu!... Nada! Vou bater-me: o sangue está danado!

OUTRO Pum!...Pum!... Pum!...

DE GUICHE, *voltando-se*

Que é lá isso?

UM CADETE, *levemente ébrio*

Oh! Nada! Uma canção

Pequenininha. . .

DE GUICHE Amigo, estais bem folgazão!

O CADETE É o perigo que vem!

DE GUICHE, *chamando Carbon para lhe dar uma ordem*

Comandante, eu . . .

(Detém-se olhando para ele).

Mais esta! Tendes boa aparência!

CARBON, *carmezim, ocultando uma garrafa atrás das costas*

Oh! Eu!

DE GUICHE Inda me resta

Um canhão que mandei para este posto...

(Mostra um lugar nos bastidores).

é aquele.

Caso seja preciso, utilizai-vos dele.

UM CADETE, *bamboleando-se*

Delicada atenção!

OUTRO, *sorrindo*

Cuidado meigo e doce!

DE GUICHE	Que loucura vos deu?
	(Secamente).
	Previno-vos do coice
	Ao disparar da peça!
PRIMEIRO CADETE	Ah! Pfft!
DE GUICHE,	*dirigindo-se para ele furioso*
	E. . . continua!
PRIMEIRO CADETE	A peça dos gascões é firme: não recua!
DE GUICHE,	*pegando-lhe pelo braço e sacudindo-o*
	Estais ébrio... de quê?
O CADETE,	*soberbo*
	Da pólvora que sorvo!
DE GUICHE,	*encolhendo os ombros, repelindo-o*
	e dirigindo-se rapidamente para Roxana
	Vêde bem! Decidi! Não há, por ora, estorvo. . .
ROXANA	Fico!
DE GUICHE	Inda é tempo!
ROXANA	Não!
DE GUICHE	Quereis assim? Pois bem;
	Venha um mosquete!
CARBON	Como?
DE GUICHE	Eu ficarei também.
CYRANO	Eis um rasgo, senhor, de pura galhardia!
PRIMEIRO CADETE	Gascão vos conservais, embora a jerarquia?
ROXANA	Quê?
DE GUICHE	Deixar em perigo uma mulher? Jamais!
SEGUNDO CADETE,	*ao primeiro*
	Não fez jus a ser um dos nossos comensais?
	(Todos os víveres reaparecem como por encanto)
DE GUICHE	Víveres!
TERCEIRO CADETE	Surgem, vede, a provocar desejos!
DE GUICHE,	*dominando-se, com altivez*
	E supondes que eu desça a aproveitar sobejos?
CYRANO,	*saudando*

Que progresso fazeis!

DE GUICHE, *orgulhoso e deixando escapar um ligeiro sotaque*
Vou bater-me em *jinjum*!

PRIMEIRO CADETE, exultando
Jinjum! Gascão!

DE GUICHE, *rindo*
Eu disse?

O CADETE Entrou na lei comum.
(Põem-se todos a dançar).

CARBON, *que tinha desaparecido momentos antes,*
reaparece no espigão da trincheira
Os lanceiros formei: não há quem lhes resista!
(Mostra uma linha de lanças que surgem
por trás da escarpa).

DE GUICHE, inclinando-se diante de Roxana
e estendendo-lhe a mão
Não quereis vir comigo e passar-lhes revista?
(Roxana aceita; os dois sobem ao talude.
Todos se descobrem e seguem-nos).

CRISTIANO, *dirigindo-se para Cyrano vivamente*
Agora...!

OS LANCEIROS, *fora*
Viva!

CRISTIANO Então, que tens de revelar?

CYRANO Se, porventura. . .

CRISTIANO Sim...?

CYRANO Roxana te falar
Das cartas. . .

CRISTIANO Sim... Que tem?...

CYRANO Não caias na tolice
De estranhar. . .

CRISTIANO Mas o que é?

CYRANO Meu Deus! Eu não te disse.
Mas é bem simples. Hoje, o fato me ocorreu

Vendo-a... Sabe que tu...

CRISTIANO Mas... fala! Que fiz eu?

CYRANO ... Tu lhe escreveste mais do que supões...

CRISTIANO Hem?

CYRANO Ora!
Só fiz interpretar o amor que te devora!
Às vezes escrevi sem mesmo o suspeitares.

CRISTIANO Ah!

CYRANO Mas é simples!

CRISTIANO Seja. E, a fim de atravessares
As linhas do bloqueio...

CYRANO Impus-me o compromisso
De antes do amanhecer...

CRISTIANO, *cruzando os braços*
Também é simples isso?
(Noutro tom).
Quantas cartas mandei cada semana? — Três?
Quatro?

CYRANO Mais.

CRISTIANO Dia a dia?

CYRANO E nunca uma só vez.

CRISTIANO, *violentamente*
E tinhas tal prazer nessa delícia muda
Que afrontavas a morte...

CYRANO, *vendo Roxana*
Ei-la que vem, Caluda!
(Recolhe-se à pressa à barraca).

CENA VIII

ROXANA, CRISTIANO; *ao F. os* CADETES *andam para um lado e para outro.* CARBON *e* DE GUICHE *dão ordens*

ROXANA, *correndo para Cristiano*
Agora sim, Cristiano.
CRISTIANO, *tomando-lhe as mãos*
Agora explicarás
O que te fez transpor essas estradas más,
Entre vil soldadesca e brutos miseráveis,
Para aqui vires ter.
ROXANA As cartas que mandáveis.
CRISTIANO Dizes. . .
ROXANA Culpado sois do mal que me aconteça:
Tantas cartas de amor subiram-me à cabeça!
Quantas haveis escrito, e cada vez mais belas,
Faz hoje um mês!
CRISTIANO E foi por influência delas,
Pobres cartas de amor?...
ROXANA Esta alma idolatrou-te,
— Deixa dizê-lo agora — após aquela noite
Em que num tom de voz que eu não te ouvira dantes
Tua alma deixou ver talentos cintilantes
E as cartas, grande Deus?! À proporção que as lia,
Soava-me de novo a terna melodia,
A voz daquela noite, a voz que me arrebata!
Foste o culpado. . . E eu . . . vim! Penélope, a sensata,
Não ficara a bordar intérminos lavores
Se Ulisses escrevesse aqueles teus primores;
Antes, para o seguir, teria abandonado,
Tão doida como Helena, as linhas e o bordado.
CRISTIANO Mas. . .

ROXANA — Eu lia, relia... E apesar da distância,
Cada escrito dos teus me enchia de fragrância,
Como a flor de tua alma em pétalas esparsa.
Nessas cartas de fogo o estilo não disfarça
O ardente amor sincero...

CRISTIANO — O quê? Sincero e ardente?
E... é fácil percebê-lo?

ROXANA — É mais: é transparente.

CRISTIANO — E vindes...

ROXANA — Venho para... — Ó meu Cristiano amado!
Se aos vossos pés me lanço, incorro em desagrado;
Mas eu prostro a minha alma! E vós dessa atitude
Jamais conseguireis que a penitente mude —
Venho... pedir perdão, — pois em fazê-lo, acerto,
Hoje que a morte já talvez esteja perto —
Perdão, se te fazia a frívola crueza,
A ofensa de te amar apenas a beleza!

CRISTIANO, *com espanto*
Ah! Roxana!

ROXANA — E depois, erguendo um surto breve,
— Pássaro a saltitar, primeiro que se eleve —
A formosura amei que me detinha, embora
Me exaltasse também pela tua alma!

CRISTIANO — E agora?

ROXANA — Pois bem! Ganhas enfim sobre ti mesmo a palma:
Hoje... a minha alma adora apenas a tua alma!

CRISTIANO, *recuando*
Ah! Roxana!

ROXANA — Portanto, és hoje mais ditoso:
Ser amado no aspecto e só por ser formoso
Para o teu nobre amor é mais cruel que a morte.
Ante o fulgor do gênio apaga-se o teu porte;
E a beleza que tens, e dantes me agradara,
Quanto melhor sei ver, menor se me depara!

CRISTIANO Oh!

ROXANA Duvidas então dessa vitória imensa?

CRISTIANO Roxana!

ROXANA Entendo agora: é que te falta a crença
Neste amor?

CRISTIANO Esse amor não quero possuí-lo.
Desejo ser amado apenas por aquilo...

ROXANA Que até hoje vos fez das outras ser querido?
Oh! Deixai-vos amar de modo mais subido!

CRISTIANO Dantes era melhor!

ROXANA Não sabes o que dizes!
Hoje é que sinto amor. Eu folgo que entronizes
Tua alma no meu ser tal qual imaginava.
— Fosses menos gentil...

CRISTIANO Calai-vos!

ROXANA E eu te amava!
Perdesses a beleza, afirmo-o sem rodeio...

CRISTIANO Não digas isso!

ROXANA Digo!

CRISTIANO Embora fosse feio?

ROXANA Feio! Juro-o!

CRISTIANO Meu Deus!

ROXANA Estás contente?

CRISTIANO Sim.

ROXANA Que tens?

CRISTIANO Nada. Um momento: alguém chamou por mim.

ROXANA Oh!

CRISTIANO, *mostrando um grupo de cadetes ao F.*
Meu amor te furta àqueles desgraçados:
Vai levar um sorriso aos pobres condenados!

ROXANA, *enternecida*
Meu Cristiano!
(Sobe para os gascões,
que se agrupam respeitosamente ao redor dela).

CENA IX

CRISTIANO, CYRANO; *ao F.* ROXANA, conversando com CARBON, *e alguns* CADETES

CRISTIANO,	*chamando para a barraca de Cyrano*
	Cyrano!
CYRANO,	*reaparecendo armado para a batalha*
	O que há? Fugiu-te a cor.
CRISTIANO	Deixei de ser amado!
CYRANO	Hem!
CRISTIANO	Todo o seu amor
	Pertence-te.
CYRANO,	*protestando*
	Oh!
CRISTIANO	Minha alma é que a seduz!
CYRANO	Engano!
CRISTIANO	Ama-te, afirmo! E tu . . . lhe tens amor, Cyrano!
CYRANO	Eu?
CRISTIANO	Não negues!
CYRANO	É certo.
CRISTIANO	E. . . loucamente!
CYRANO	Mais.
CRISTIANO	Dize-lho!
CYRANO	Não!
CRISTIANO	Por quê?
CYRANO	Vê-me as feições!
CRISTIANO	Iguais
	Tivesse-as eu, assim . . .
CYRANO	Pois ela o disse?
CRISTIANO	Disse!
CYRANO	Ah! Como sou feliz em que ela o proferisse!
	Mas deixa: não vás crer num dito exagerado!

— Meu Deus! Ela o pensou: fiquei recompensado.
Mas não creias que à letra o dito se traduza:
Não fiques feio, não! Depois, ela me acusa.

CRISTIANO Pois veremos!

CYRANO Não! Não!

CRISTIANO Daremos a escolher!
Tu vais dizer-lhe tudo!

CYRANO Eu! Nunca! Antes morrer!

CRISTIANO Por ser belo, eu farei que percas a ventura?
Não é justo!

CYRANO E eu irei lançar na sepultura
O teu sonho de amor, porque sei dar as tintas
Para bem colorir o que talvez tu sintas?

CRISTIANO Declara-te!

CYRANO, *quase consigo mesmo*
Ele insiste em me tentar! Faz mal!

CRISTIANO Cansei, — pois em mim próprio eu sinto o meu rival.

CYRANO Cristiano!...

CRISTIANO Pois não vês? Por ora não existe
Casamento legal. Anula-se!

CYRANO E ele insiste!

CRISTIANO Porque devo insistir! No amor — ou tudo ou nada!
— Vou ver o que se faz nas linhas da avançada
E tu perguntarás quem seja o preferido
De nós dois.

CYRANO Serás tu!

CRISTIANO Sim... Creio... Não duvido.
(Chamando).
Roxana!

CYRANO Céus!

ROXANA, *descendo*
O que é?

CRISTIANO Cyrano quer falar-te
Numa coisa importante...
(Ela dirige-se para Cyrano. — Cristiano sai).

CENA X

ROXANA, CYRANO, *depois* LE BRET, CARBON *os* CADETES, RAGUENEAU, DE GUICHE, *etc.*

ROXANA Oh! Importante!
CYRANO, *desvairado*
E... parte!
(A Roxana).
Nada! Ele às vezes liga apreço exagerado
A coisas sem valor. . .
ROXANA, *vivamente*
Talvez tenha hesitado
Em crer-me: divisei-lhe a dúvida no rosto.
CYRANO, tomando-lhe a mão
Mas. . . é certo . . . é verdade o que lhe haveis exposto?
ROXANA Sim. Pois amava-o mesmo. . .
(Hesita um momento).
CYRANO, *sorrindo tristemente*
Essa expressão vos custa
Dizer diante de mim!
ROXANA Porém. . .
CYRANO Mas não me assusta!
(Animando-a)
Feio, não?
ROXANA Feio, sim.
(Mosquetaria fora).
Já se está combatendo?
CYRANO, *ardentemente*
Medonho?
ROXANA Sim, medonho!
CYRANO Horrendo até?
ROXANA Horrendo.

CYRANO Grotesco?

ROXANA Para mim... grotesco ele não fora.

CYRANO E ter-lhe-eis amor?

ROXANA Paixão devoradora!

CYRANO, *à parte, perdendo a cabeça*

Deus! Se é verdade... E aqui toda a ventura está

(A Roxana).

Eu... Roxana... Escutai...

LE BRET, *entrando rapidamente*

e chamando-o a meia voz

Cyrano!

CYRANO, *voltando-se*

Que é?

LE BRET, *impondo-lhe silêncio*

Sciu!...

(Diz-lhe uma palavra em segredo).

CYRANO, *deixando cair a mão de Roxana*

Ah!

ROXANA Que tendes?

CYRANO, consigo mesmo, com estupefação

Acabou-se!

(Novas detonações).

ROXANA Oh! Tiros! Ainda mais!

CYRANO, *à parte*

Acabou-se! E por nada eu lho direi ... Jamais!

ROXANA, querendo precipitar-se

Que é que se passa?

CYRANO, *vivamente detendo-a*

Nada.

(Entram alguns cadetes conduzindo alguma coisa que ocultam; formam um grupo, impedindo Roxana de aproximar-se).

ROXANA Aqueles homens?...

CYRANO, *afastando-a*

Ora!

Deixai-os!

ROXANA Sim. . . Porém vós íeis ind'agora

A dizer. . .

CYRANO A dizer... Oh! Nada! Nada!

(Solene).

Eu juro: Cristiano, essa alma grande, esse caráter puro,

Tinha. . .

(Emendando-se com terror)

. . . tem nobres. . .

ROXANA Tinha?

(Com um grito).

Ah!

(Precipita-se e afasta os do grupo).

CYRANO Tudo se acabou!

ROXANA, *vendo Cristiano, que jaz no chão sobre a capa*

Ele!

LE BRET, *a Cyrano*

O primeiro tiro! E logo lhe acertou!

(Roxana lançou-se sobre o corpo de Cristiano. Novos tiros. Tilintar de ferros. Ruídos. Tambores).

CARBON, *de espada em punho*

Às armas! É o assalto!

(Seguido dos cadetes, passa para o lado oposto da trincheira).

CYRANO Ah! Cristiano!

A VOZ DE CARBON Aprontar!

ROXANA Cristiano!

A VOZ DE CARBON *Enfileirar!*

ROXANA Cristiano!

A VOZ DE CARBON *Preparar!*

(Ragueneau vem correndo com água num capacete).

CRISTIANO, *em tom moribundo*

Roxana!

CYRANO,	*rápido e baixo ao ouvido de Cristiano,*
	enquanto Roxana molha um pano que tirara do peito,
	para pensar o ferimento
	Eu disse tudo! És sempre o seu querido!
	(Cristiano fecha os olhos).
ROXANA	Cristiano!
A VOZ DE CARBON	*Alçar vareta!*
ROXANA,	*a Cyrano*
	Ele . . . terá. . . morrido?
A VOZ DE CARBON	*Morder. . . cartuchos!*
ROXANA	Sinto o seu rosto esfriar
	Junto ao meu, mais e mais. . . aos poucos. . .
A VOZ DE CARBON	*Apontar!*
ROXANA,	*encontrando um papel no gibão do morto*
	Uma carta!
	(Abre-a).
	A mim própria!
	(Começa a ler entre lágrimas).
CYRANO	A minha carta!
A VOZ DE CARBON	Fogo!
	(Mosquetaria. Gritos. Rumor).
CYRANO,	*querendo soltar a mão de Roxana*
	Vou bater-me!
ROXANA,	*detendo-o*
	Ficai! Cedei-me ao triste rogo!
	Ele está morto. E vós, que tanto o conhecestes,
	Dizei-me: ele não era um ser bem raro,
	um destes
	Portentos?
CYRANO,	*de pé, descoberto*
	Sim, Roxana.
ROXANA	Um poeta inimitável,
	Sublime?
CYRANO	Sim, Roxana.

ROXANA Um gênio incomparável?

CYRANO Sim, Roxana.

ROXANA Um prodígio, uma alma sobre-humana,
Um coração profundo e nobre?

CYRANO, *firmemente*
Sim, Roxana!

ROXANA, *lançando-se em desespero sobre o cadáver de Cristiano*
E está morto!

CYRANO, *à parte, puxando da espada*
E é mister que eu tenha a mesma sorte:
Que ela... supõe chorá-lo e chora a minha morte.
(Trombetas ao longe).

DE GUICHE, *que reaparece na escarpa, descoberto, ferido na testa, e em voz de trovão*
Um toque de trombeta! Eis o sinal, gascões!
Os nossos vão chegar trazendo as provisões:
Resiste!

ROXANA No papel eu vejo sangue e pranto.

UMA voz, *fora, gritando*
Rendei-vos!

VOZ DOS CADETES Não!

RAGUENEAU, *que tendo subido ao coche, contempla a batalha por cima da trincheira*
Recresce a luta em cada canto!

CYRANO, *a De Guiche, mostrando Roxana*
Levai-a! Eu vou bater-me.

ROXANA, *beijando a carta, em voz tênue*
Os derradeiros laivos!

RAGUENEAU, *saltando do coche para acudir-lhe*
Desmaia!

DE GUICHE, *sobre a escarpa, aos cadetes, — com fúria*
Resiste!

UMA VOZ, *fora*

Franceses! Entregai-vos!

VOZ DOS CADETES Não.

CYRANO, *a De Guiche*

Senhor! Acabais de vos cobrir de glória!
(Mostrando Roxana).
Fugi! Salvai-a!

DE GUICHE, *que correu para Roxana e levanta-a nos braços*

Mas. . . teremos a vitória.
Se resistirdes!

CYRANO Seja!
(Gritando para Roxana, que De Guiche levou desmaiada, ajudado de Ragueneau).
Adeus, Roxana!
(Tumultos. Brados. Alguns cadetes reaparecem feridos e vêm cair em cena. Cyrano, precipitando-se para o combate, é detido por Carbon, que vem coberto de sangue).

CARBON A guarda
Já cede! Eu recebi dois golpes de alabarda!

CYRANO, *gritando aos gascões*

Avante!
(A Carbon, que ele ampara).
Não temais: vingar eu me proponho
A morte de Cristiano e a morte do meu sonho.
(Eles descem. Cyrano brande a lança onde está amarrado o lencinho de Roxana).
Pendão! Tremula! E o nome idolatrado invoca!
(Crava a lança no chão, gritando aos companheiros).
Avançar! Esmagar!
(Ao tocador de pífano).
Bertrand, meu velho! Toca!
(O pífano toca. Erguem-se alguns feridos.
Outros cadetes despenham-se da escarpa
e vêm juntar-se ao redor de Cyrano e da bandeira.
O coche enche-se de homens, eriça-se de arcabuzes,

	transforma-se reduto).
UM CADETE,	*aparecendo aos recuos, sobre a escarpa,*
	e batendo-se sempre, exclama:
	Sobem à escarpa!
	(E cai morto).
CYRANO	Bem! Pois vamo-los saudar!
	(A escarpa coroa-se logo de um renque terrível de inimigos. Erguem-se os grandes estandartes dos Imperiais).
	Fogo!
	(Descarga geral).
GRITOS,	*nas linhas inimigas*
	Fogo!
UM OFICIAL ESPANHOL	Quem sois, que vos fazeis matar?
CYRANO,	*recitando de pé, por entre as balas*
	Somos cadetes da Gasconha,
	Do comandante de Castel;
	Parlapatões, sem ter vergonha,
	Somos cadetes...
	(Avança, seguido de alguns dos seus.
	O resto perde-se na batalha).

(CAI O PANO)

Quinto Ato

QUINTO ATO

A GAZETA DE CYRANO

QUINZE anos depois do quarto ato, — em 1655.
Parque do convento das Damas da Cruz, em Paris.

Belíssimas sombras de arvoredo. À E. o edifício; vasta escadaria onde vêm dar muitas portas. Àrvore enorme no meio da cena, isolada no centro duma área de forma oval. À D., 1.º plano, crescidos buxos e banco de pedra semicircular. Aleia de castanheiros ao F., dando, à D., 4.º plano, para uma capela que mal se vê por entre os ramos. Dupla cortina de árvores, trechos de relva, bosquezinhos, profundezas do parque, o céu. Pequena porta lateral da capela dá para um peristilo, engrinaldado por uma vinha de cachos vermelhos, peristilo que vem perder-se à D., 1.º plano, atrás dos buxos.

OUTONO. As folhas amarelecem por sobre os tabuleiros da relva fresca. Manchas escuras de buxo e teixos que permanecem verdes. Debaixo de cada árvore um tapete de folhas amarelas. Toda de cena está juncada de folhagem, que estala sob os pés nas aleias e cobre em parte os bancos e o patamar da escadaria.

Entre o banco à D. e a árvore, grande bastidor de bordar com sua cadeira baixa em frente. Cestinha com lãs em meadas e em novelos. Bordado em meio.

Ao erguer do pano andam as religiosas, passeando no parque; algumas estão sentadas no banco, aos lados doutra religiosa mais velha. Caem folhas.

CENA I

MADRE MARGARIDA, SOROR MARTA, SOROR CLARA, OUTRAS RELIGIOSAS

SOROR MARTA, *a Madre Margarida*
Soror Clara pecou: foi ver, mais de uma vez,
Ao seu espelho a coifa.

MADRE MARGARIDA É grave, se tal fez!

SOROR CLARA Soror Marta pecou: foi comer uma ameixa
Às ocultas: eu vi.

MADRE MARGARIDA É muito grave a queixa!

MARTA Umameixazinha só...

CLARA Um pequenino olhar...

MARGARIDA Pois ao senhor Cyrano o caso hei de contar.

CLARA Não! Que ele zomba!

MARTA E diz: as tais religiosas
São garridas!

CLARA E são... glutonas!

MARGARIDA, *sorrindo*
E bondosas.

CLARA, *encetando outra conversa*
Ó Madre Margarida! Alguém dizer ouvi
Que ele, há dez anos, vem, aos sábados, aqui?

MARGARIDA Há muitos anos mais: — desde que Madalena
Veio aqui sepultar uma profunda pena!
E quatorze já faz que o luto do seu véu
É como uma ave negra entre as aves do céu,

MARTA Desde que ela quis vir morar neste convento,
Só ele é que ameniza esse pesar cruento.

AS RELIGIOSAS — Ele é tão divertido! — E delicado! — E bom!
— Engraçado! — Jovial! — E tem um chiste!
— Um dom!

Nós costumamos dar-lhe amêndoas em confeitos.

MARTA Católico, porém, não é dos mais perfeitos.

CLARA Convertamo-lo!

AS RELIGIOSAS Sim!

MARGARIDA Não, minhas filhas! Não.
Por ora não convém chamá-lo à conversão:
Pode deixar de vir; e é mau, se ele se afasta.

MARTA Mas Deus . . .

MARGARIDA Nosso Senhor bem sabe o que lhe basta.

MARTA Mas, ao chegar, diz sempre em tom provocador:
"Eu ontem comi carne!" Olhai que pecador!

MARGARIDA Ele diz isso? Bem: No sábado passado
Estava, desde a quinta, a jejuar.

MARTA Coitado!

MARGARIDA É paupérrimo!

MARTA Sim?

MARGARIDA Le Bret é quem mo diz.

MARTA Mas ninguém o socorre?

MARGARIDA Ele jamais o quis.
(Numa aleia ao F., aparece Roxana vestida de luto,
com o toucado das viúvas e longos véus;
De Guiche, já grisalho, mas imponente, vem ao lado
dela. Andam lentos. Margarida levanta-se).
Entremos. Vem no parque, e já não vem distante,
A senhora Robin trazendo um visitante.

MARTA, *baixo a Clara*
É o Duque de Grammont, o marechal?

CLARA Talvez.

MARTA Ele não vinha vê-la há muito mais de um mês.

AS RELIGIOSAS — Muitas ocupações! — A Corte! — A Guerra!

CLARA O mundo!
(Saem. De Guiche e Roxana descem em silêncio
e param junto do bastidor de bordar. — Pausa).

CENA II

ROXANA, DUQUE DE GRAMMONT *(ex-conde De Guiche)*, *depois* LE BRET *e* RAGUENEAU

DUQUE — E, inutilmente loura, e nesse dó profundo,
Sempre aqui ficareis?

ROXANA — Sempre.

DUQUE — E... constante?

ROXANA — Sim.
(Silêncio).

DUQUE — Perdoais-me o passado?

ROXANA — O claustro o manda assim.

DUQUE, *depois dum silêncio*
Era uma alma de escol, dizeis?

ROXANA — Nem se descreve.

DUQUE — Talvez para o conhecer me fosse o tempo breve.
(Silêncio).
... E sempre esse bilhete ao pé do coração?

ROXANA — Qual santo escapulário, eu sinto-lhe a pressão.

DUQUE — E — morto — inda o amais?

ROXANA — Nos sonhos que me agitam
Sinto que vive. Em mim dois corações palpitam:
Que o seu amor flutua em torno do meu ser.

DUQUE, *após um silêncio*
Cyrano inda vem cá?

ROXANA — Não cessa de o fazer.
É uma gazeta viva aquele velho amigo.
Não falta: é regular. Dessa árvore ao abrigo
Colocam-lhe a poltrona. O tempo estando bom,
Eu o espero bordando. Ao derradeiro som
Da hora — e sem voltar-me — escuto-lhe a bengala
Ao descer os degraus. Senta-se; ri-se; fala

Do meu bordado eterno, e narra, tal qual é,
A história da semana e após . . .
(Aparece Le Bret no patamar).
Aí está Le Bret.
(Le Bret desce até junto deles).
Como vai ele?

LE BRET Mal.

DUQUE Mal?

ROXANA Ora! Que exagero!

LE BRET Tudo o que eu predizia; a fome, o desespero!
Cada opúsculo seu lhe atrai desafeições:
Golpeia o que há de falso em crenças e brasões,
A falsa valentia, o plágio, — o mundo todo.

ROXANA Mas um terror profundo inspira o seu denodo;
Facilmente ninguém o vencerá.

DUQUE, *num gesto de cabeça*
Ninguém?...

LE BRET De agressões pessoais — perigo lhe não vem:
Da fome, e do cruel dezembro, que não tarda
A pôr o frio na lúgubre mansarda,
Desses bandidos, sim, receio a falsa fé.
Cada dia ele aperta um furo ao boldrié.
Há uns tons de marfim no seu nariz faceto.
Seu fato se reduz a um triste fato preto.

DUQUE Mas deve tudo a si; tem mérito real.
Não deveis lastimá-lo.

LE BRET, *com um sorriso amargo*
Ah! Senhor Marechal!

DUQUE Não deveis lastimar a quem viveu sem pactos,
Livre no seu pensar e livre nos seus atos.

LE BRET, *como acima*
Senhor Duque!

DUQUE, *fátuo*
É verdade: Eu subi; ele não.

Mas não duvidaria em lhe apertar a mão.
(Saudando Roxana).
Adeus.

ROXANA Sigo-vos.
(O Duque despede-se de Le Bret
e dirige-se com Roxana para o Patamar).

DUQUE, *parando enquanto ela sobe*
Sim. Tenho-lhe certa inveja:
Quando a ambição, na vida, alcança o que deseja,
Sentimos, — sem ter feito aos outros nenhum mal —
Mil desgostos de nós, desgostos que afinal
São menos que um remorso e, lento, nos devastam...
Os arminhos ducais, varrendo o solo, arrastam
Fanadas ilusões e pesadelos maus,
Enquanto do poder subimos os degraus;
— Assim, quando passais aquelas tristes portas,
Vosso trajo de luto arrasta as folhas mortas.

ROXANA, *irônica*
Destes em cismador?

DUQUE Nem sei!
(Antes de sair, num ímpeto).
Senhor Le Bret!
(A Roxana).
Dais-me licença?
(Baixo a Le Bret, sem que Roxana os ouça).
Ouvi: — fácil talvez não é
Vencê-lo frente à frente. Embora. Ele é malquisto.
Ontem na corte alguém disse-me apenas isto:
"Cyrano há de morrer... de modo acidental."

LE BRET Ah!

DUQUE Que evite sair, seja prudente!

LE BRET Qual!
Prudente? — Eu lho direi. Mas creio...

ROXANA, *que ficou sobre o patamar,*

a uma religiosa que se lhe dirige

Que há?

A RELIGIOSA Senhora,

Ragueneau vos quer ver.

ROXANA Pois que entre sem demora.

(Ao Duque e a Le Bret, que foi até junto dela).

Vem queixar-se da sorte. Um dia se estreou

Na senda literária: e aos poucos se tornou

Cantor. . .

LE BRET Músico. . .

ROXANA Ator...

LE BRET Bedel. . .

ROXANA Banhista. . .

LE BRET Guia

De cego...

ROXANA E que será o mísero hoje em dia?

RAGUENEAU, *entrando precipitadamente*

Ah! Senhora!

(Vendo Le Bret).

Ah! Senhor!

ROXANA, *sorrindo*

Oh! Sempre aflito, assim!

Queixai-vos a Le Bret. Já volto.

RAGUENEAU É que eu . . .

(Roxana, sem o atender, sai com o Duque,

Ele desce para junto de Le Bret).

CENA III

RAGUENEAU, LE BRET

RAGUENEAU — Enfim,
Já que vos encontrei, conservo-a na ignorância.
Fui ver o nosso amigo. A próxima distância
De sua habitação, vejo-o sair . . . corri.
Mas ele dobra a esquina; os passos lhe segui . . .
Nisso, de uma janela o poeta se aproxima,
E um toro de madeira escapa-se de cima:
Das mãos de algum lacaio — estúpido ou venal.

LE BRET — Covardes!

RAGUENEAU — Eu me apresso. . . E vejo-o. . .

LE BRET — Muito mal?
Dize!

RAGUENEAU — Ah! Vejo-o por terra, o amigo idolatrado.
Ferido na cabeça, exânime, prostrado!

LE BRET — Morto?

RAGUENEAU — Não, meu senhor. . . Tratei de o transportar
Para o seu quarto. . . Quarto !
É um modo de falar!

LE BRET — E sofre?

RAGUENEAU — Não. Perdera a sensibilidade.

LE BRET — Foi médico?

RAGUENEAU — Ah! Foi um. . . por mera caridade.

LE BRET — Ah! Meu pobre Cyrano! — Agora ocultarei
De Roxana este caso — E o tal doutor . . .

RAGUENEAU — Nem sei:
Das meninges falou, de febres, de fraturas . . .
Ah! Se o vísseis. . . a fronte envolta em ligaduras. . .
Corramos! — Está só: ninguém para o velar.
É que se pode erguer, e . . . morre, se o tentar!

LE BRET, *arrastando-o para a D.*

Vamos pela capela! Apressa-te! É mais curto.

ROXANA, *aparecendo no patamar e vendo-os afastar-se pelo peristilo que conduz à portinha da capela*

Senhor Le Bret!

(Le Bret e Ragueneau escapam-se).

Le Bret vai-se esgueirando a furto?!

São histórias talvez daquele Ragueneau.

(Desce o patamar).

CENA IV

ROXANA, *só e depois* DUAS RELIGIOSAS *um momento*

ROXANA Que lindo que setembro os dias terminou!
Sorri-se a minha mágoa... Abril, que me deslumbra,
Do meigo outono cede à lívida penumbra.
(Senta-se ao bastidor. Duas religiosas trazem uma Poltrona e colocam-na sob a árvore).
Eis a poltrona em que se senta junto a mim
O velho e caro amigo.

SOROR MARTA E não é boa?

ROXANA Sim.
Muito obrigada, irmãs.
(As religiosas se retiram).
Não tarda a vir.
(Ouve-se dar horas).
É a hora.
— As meadas? — Porém, por que é que se demora?
Pela primeira vez ele hoje tardará?
Talvez a irmã rodeira... — O meu dedal?...
Cá está. —
....O demore exortando-o a confessar-se...
(Pausa).
E exorta.
— Não tarda! Eu nem sei mesmo...
(Cai uma folha no bastidor).
Ai! Uma folha morta!
— Essa tesoura? Ah! Sim; na bolsa — que razão
Haja para...

UMA RELIGIOSA, *do patamar*
O senhor de Bergerac!

ROXANA, *sem se voltar*
E então?

CENA V

ROXANA, CYRANO *e um momento* SOROR MARTA

(Roxana borda. Aparece Cyrano, muito pálido,
com o chapéu enterrado até aos olhos.
Começa a descer lentamente, com esforço visível
para se ter em pé e abordando-se à bengala).

ROXANA, *atenta ao bordado*
Como hei de reviver as cores que fenecem?
(A Cyrano, mas sem se voltar,
num tom de amistosa repreensão).
Ah! Tudo neste mundo os anos arrefecem:
E — há quatorze — jamais vos sucedeu faltar!...

CYRANO, *que tem chegado até a Poltrona e se senta;*
num tom alegre que contrasta com o seu estado
Irra! Com cem mil canhões! Alguém me fez tardar!

ROXANA Alguém?

CYRANO Uma visita assaz inoportuna.

ROXANA Um importuno? Sim?

CYRANO Não, prima. Uma importuna.

ROXANA Despediste-la?

CYRANO É claro! . . . E disse-lhe: "Atendei:
"Hoje é sábado. Há muito impus-me a doce lei
"De ir ver certa pessoa aos sábados; e nada
' 'Me faz deter. Voltai nesta hora mais chegada."

ROXANA, *levianamente*
Que espere. . . e vá suprindo as horas do lazer.
Daqui não partireis antes do anoitecer.

CYRANO Antes disso, talvez seja mister que eu parta.
(Fecha os olhos e cala-se. Soror Marta atravessa o
parque da capela para o patamar.
Roxana avista-a e faz-lhe sinal com a cabeça).

ROXANA, *a Cyrano*

Poupais a Soror Marta?

CYRANO, *vivamente, abrindo os olhos*

Ah! Nunca!

(Com um vozeirão cântico).

Soror Marta!

Chegai-vos!

(A religiosa desliza para ele).

Há! Há! Há! Formosos olhos! Sus!

SOROR MARTA, erguendo a vista e sorrindo

Mas. . .

(Vê-lhe o rosto e faz um movimento de espanto).

Oh!

CYRANO, *baixo, indicando Roxana*

Chut!

(Alto e fanfarrão).

Eu comi carne outra vez!

SOROR MARTA, *fazendo-se escandalizada*

Jesus!

(Noutro tom).

Eu sei. . .

(À Parte).

Por isso está com o rosto demudado.

(Rápido e baixo a Cyrano),

Vireis ao refeitório: eu tenho preparado

Um caldo para vós. Vireis, não?

CYRANO Sim! Sim! Sim!

SOROR MARTA, *idem*

Deus vos conserve sempre acomodado assim.

ROXANA, *que os ouve cochichar*

Está-vos convertendo?

SOROR MARTA Eu?! Não!

CYRANO Mas... é verdade!

Se tendes tanta fé, quanta loquacidade,

Por que não me exortais? É coisa de espantar!
(Com furor cômico).
Pois bem: por minha vez, vou dar-vos que pensar:
Permito-vos . . .
(Finge procurar um bom gracejo e afinal encontrá-lo).
Que ideia extravagante e bela,
— Rezardes por. . . por mim, de noite, na capela

ROXANA Oh! Oh!

CYRANO, *rindo*
Hem! Soror Marta! Espanto-vos ou não

SOROR MARTA, com doçura
Eu nunca precisei da vossa permissão
(Sai).

CYRANO, *voltando-se para Roxana, inclinada sobre o bordado*
Ó bordado sem fim! Um dardo, se te vejo
Acabar!

ROXANA Ora bem! Tardava-me o gracejo.
(Caem folhas).

CYRANO As folhas!

ROXANA, erguendo a cabeça e olhando ao longe para a aléia
Ouro fosco esmalta-lhes a cor.
Vede-as cair!

CYRANO E olhai: na queda, que primor!
Nesse breve passar do ramo para a terra
Elas põe um donaire. A morte, que as aterra,
Não faz que, antes de vir apodrecer no chão,
Deixem de ter, caindo, uns ares de ascensão.

ROXANA Melancolias... hem?

CYRANO, *caindo em si e recobrando o seu papel gracejador*
Melancolias?!... Onde?

ROXANA Vamos. . . Deixai morrer dos plátanos a fronde. . .
E a semanal gazeta agora me dizei.

CYRANO, *cada vez mais pálido e lutando com a dor*
Sábado, dezenove: o nosso jovem rei,

Tendo ingerido arrobe em grande quantidade
Uma febre apanhou; por lesa-majestade
Condenou-se à lanceta esse atrevido mal.
E agora o pulso régio encontra-se normal.
— No baile da rainha — a vinte — houve dispêndio
De oitocentos brandões, — um verdadeiro incêndio!
— Batemos D. João d'Austria; — a forca suspendeu
Quatro bruxos; — O cão da Athis adoeceu:
E... deram-lhe um clister, pois isso foi preciso...

ROXANA Senhor de Bergerac, quando haveis de ter siso?

CYRANO Segunda: Ligdamira o amante abandonou.

ROXANA Oh!

CYRANO Terça: a Corte foi para Fontainebleau.
Quarta: ao Fiesques diz: "não" Montglat, a bela Vênus.
Quinta: Mancini está rainha mais ou menos.
Sexta: "Sim" a Montglat ao Fiesques respondeu.
Sábado, vinte e seis ...
(Cerra-se-lhe a vista; pende-lhe a cabeça. Silêncio).

ROXANA, *surpreendida de não o ouvir, volta-se, observa-o e, erguendo-se assustada,*
Que tem? Desfaleceu?!
(Corre para ele gritando).
Cyrano!

CYRANO, *abrindo os olhos e num tom vago*
Que é? Que foi?
(Ao vê-la inclinar-se sobre ele, enterra mais o chapéu na cabeça e, recuando na poltrona, diz:)
Não! Não! Foi um momento!
Deixai-me.

ROXANA Porém vós ...

CYRANO É aquele ferimento...
D'Arras, — que bem sabeis...

ROXANA Pobre amigo!

CYRANO Voltou

Por um momento só. Mas. . . passa...
(Sorri com esforço).
. . .Já passou.

ROXANA, *de pé junto dele*
Tem cada qual de nós a dor duma ferida.
Eu tenho sobre o peito a chaga dolorida
Sob a carta, em que morre a primitiva cor
E as lágrimas e o sangue avivam minha dor!
(Começa a baixar o crepúsculo).

CYRANO A carta? Não dizieis que um dia, havendo ensejo,
Dar-ma-íeis a ler?

ROXANA E tendes tal desejo?

CYRANO Sim. . . tenho. . . hoje. . .

ROXANA, *dando-lhe o saquitel que traz ao pescoço*
Ei-la aqui.

CYRANO, *tomando-a*
Posso abrir? Posso ler?

ROXANA Abre! Lede!
(Volta para o bastidor. Dobra e arruma as lãs).

CYRANO, *lendo*
"Roxana! Adeus! Eu vou morrer!"

ROXANA, *estupefata*
Alto!

CYRANO, lendo
"E há de ser em breve, ó minha doce amada.
"Dentro deste meu peito o Amor canta alvorada. . .
"E eu morro! Nunca mais esta alma que se aparta,
"Meus olhos que nos teus . . .

ROXANA Mas ledes essa carta
De um modo...

CYRANO, *continuando*
..."'que nos teus colhiam malmequeres,
"Hão de beijar, passando, os gestos que fizeres!
"Vejo um deles daqui — o gesto pequenito

"Com que tocas na fronte... e quero dar um grito...
ROXANA Porém... ledes, de um modo, essa carta...
(Vem baixando a noite).
CYRANO, *continuando*
"E eu exclamo
"Adeus!
ROXANA E numa voz!
CYRANO "Adeus, querida! Eu te amo!
"Meu tesouro!
ROXANA Uma voz!
CYRANO "Meu amor!"
ROXANA Um acento,
Que ouvi noutro lugar, que ouvi noutro momento!
(Aproxima-se devagarinho sem que ele o note,
passa por trás da poltrona em que ele está sentado
e olha para a carta. A sombra aumenta).
CYRANO "Meu coração te segue a todos os instantes!
"E será sempre, até nos páramos distantes,
"O mesmo coração que apaixonado enlevas,"
ROXANA Como é que podeis ler tão bem assim, nas trevas?
(Ele estremece, volta-se e, vendo-a junto de si,
faz um gesto de espanto; baixa a cabeça.
Longo silêncio. Depois, na sombra que se fecha,
ela diz pausadamente, juntando as mãos).
E dizer que ele fez, quatorze anos a fio,
Esse papel jovial de amigo prestadio!
CYRANO Roxana!
ROXANA Ah! Éreis vós?!
CYRANO Não, Roxana!
ROXANA Bastava
Notar o tom de voz em que ele me falava.
CYRANO Não! Não! Não era eu!
ROXANA Éreis vós!
CYRANO Eu vos juro!

ROXANA Ah! Compreendo agora esse martírio obscuro!
As cartas — éreis vós!...

CYRANO Nunca!

ROXANA A linguagem linda
Éreis vós!...

CYRANO Não!

ROXANA A fala à noite — vós ainda!

CYRANO Eu vos juro que não!

ROXANA Sim! Éreis vós, Cyrano!

CYRANO Não vos amei. . .

ROXANA *Mentes!*

CYRANO Mas não! Era Cristiano!

ROXANA Amáveis-me!

CYRANO Não!

ROXANA Sim. Por que negais? Dizei!

CYRANO Não! Não! Meu caro amor! Eu nunca vos amei!

ROXANA Ah! Quanta luz que nasce; e quanta luz expira!
Por que todo esse tempo, essa fatal mentira,
Se essa carta não é daquele que morreu,
E esse pranto era o vosso?

CYRANO, *estendendo a carta*
Este sangue era o seu!

ROXANA Então, por que deixais a misteriosa essência
Evolar-se-vos hoje?

CYRANO Ah! Por quê?
(Le Bret e Ragueneau entram correndo).

CENA VI

ROXANA, CYRANO, LE BRET *e* RAGUENEAU

LE BRET Que imprudência!
Eu logo o suspeitei!

CYRANO, *risonho, buscando firmar-se*
Vede, que novidade!

LE BRET, *a Roxana*
Matou-se, vindo aqui!

ROXANA Santo Deus de bondade!
O desmaio de há pouco... a voz que se sumia...

CYRANO Sim; preciso acabar minha gazeta; ouvi-a:
...Sábado, vinte e seis, antes de ter jantado,
Bergerac é ferido e morre assassinado.
(Descobre-se: vê-se-lhe a cabeça envolta em panos).

ROXANA Que tendes? Que ferida a ligadura encobre?
Ah! Quem vos pôs assim? Por quê?

CYRANO "De um golpe nobre,
No coração, de frente, às mãos dum cavalheiro,
Dizia eu... Pois bem: O fado é zombeteiro!
Eis que, de um modo infame assassinado, eu caio
Pelas costas ferido, ao golpe dum lacaio!
Ah! Tudo me falhou: até a própria morte.

RAGUENEAU Ah! Senhor!

CYRANO Ragueneau, teu choro é muito forte.
(Dá-lhe a mão).
Hoje em dia o teu plectro em que alaúde fere?

RAGUENEAU, *através das lágrimas*
Sou... sou acendedor na casa de Molière.

CYRANO Molière!

RAGUENEAU Sim, senhor. Mas breve eu me despeço:
Ontem representou Scapin; fiquei possesso:

Uma das cenas dele é toda vossa!

LE BRET Inteira.

RAGUENEAU A "cena da galera", a décima primeira...

LE BRET Molière ta roubou.

CYRANO Silêncio! Foi bem feito.

(A Ragueneau).

E a cena, diz-me cá, produz algum efeito?

RAGUENEAU, *chorando*

Ah! Riam-se, meu Deus, riam-se!...

CYRANO A minha vida

Foi ser o inspirador que se explora e se olvida.

(A Roxana).

Lembra-vos essa noite em que, num belo estilo,
Cristiano vos falou? A minha vida é aquilo:
Ficar tristonho e só na sombra merencória
E ver outro colher o beijo da vitória.
É justo confessar nesta hora de repouso:
Molière tem valor. Cristiano era formoso.

(Nisto, veem-se passar ao F., na aleia, as religiosas, que se dirigem ao ofício, chamadas pelo sino que tocara).

O sino as convocou: deixá-las ir à prece.

ROXANA, *erguendo-se para chamar*

Minha irmã! Minha irmã!

CYRANO, *retendo-a*

Não vades! Não carece!
Quando voltásseis, crede, eu já não viveria.

(As freiras entram na capela; ouve-se o órgão).

Eis o que me faltava: um pouco de harmonia.

ROXANA Que dizeis?

CYRANO Sim! É lá, segundo o meu juízo,
Que devo achar o meu sonhado paraíso.
Hei de encontrar na lua as almas dos meus santos:
Sócrates, Galileu... e tantos outros, tantos...

LE BRET, *exaltando-se*

Mas não! Não posso crer que seja Deus que o mande!
Um gênio, um poeta, um justo,
um coração tão grande,
Morrer assim, morrer...

CYRANO Já está Le Bret zangado!

LE BRET, *chorando*

Meu caro amigo!

CYRANO, *erguendo-se com a vista desvairada*

Sim! O espaço é habitado!
Eis o problema! — A nós, Cadetes da Gasconha —
Copérnico afirmou...

LE BRET No seu delírio, sonha
Com a ciência!

ROXANA Oh!

CYRANO — Porém... quem diabo é que o fizera,
Quem diabo é que o mandara entrar nessa galera? —

ROXANA Vivei !... Amo-vos!...

CYRANO Não! No conto imaginado
É que, ao dizer-se: "Eu te amo!" ao príncipe encantado,
Essa frase de sol transfigurava a lesma:
Mas a fealdade em mim: — seria sempre a mesma.

ROXANA Fiz a vossa desgraça! Eu! Eu!

CYRANO Vós? Ao contrário:
Do feminino amor mendigo solitário,
Sem carinho de mãe, sem lágrima de irmã,
Temi também mais tarde o olhar da barregã.
Graças! Mercê de vós, que amei despercebido,
Passou na minha vida a fímbria dum vestido.

LE BRET, *mostrando-lhe a lua que desce através dos ramos*

Outra amiga ali está, que te vem ver.

CYRANO, *sorrindo à lua*

É ela!

ROXANA, *à parte, indicando Cyrano*

Duas almas eu choro; e só amava aquela.

CYRANO — Le Bret, eu vou subir à lua opalescente,
Mas sem necessitar que máquinas invente.
Músico, poeta e metafísico,
Espadachim, soldado e físico,
Viajor ideal do espaço etéreo,
Trocando ataque por ataque,
Amante envolto no mistério
— Aqui repousa Saviniano,
Aqui jaz Hércules Cyrano de Bergerac —
Perdão! Vou já partir. Espera-me um amigo.
Vede! O luar descamba... e leva-me consigo.
(Tornou a sentar-se; o pranto de Roxana o chama à realidade; o poeta olha para ela e afagando-lhe o véu).
Não deixeis de chorar aquele eterno ausente,
— Bom e belo Cristiano. Imploro simplesmente
Que, quando o grande frio o corpo me revista,
Deis um motivo duplo ao véu que vos atrista
E o luto que trazeis também seja por mim.

ROXANA — Juro-vos!
(Ele tem um grande calefrio e ergue-se bruscamente).

CYRANO — Não aqui! Sentado, não! Assim!
(Querem ampará-lo).
Não me ampareis! Não quero!
(Encosta-se à árvore).
Esta árvore, somente!
(Silêncio).
Vem. Já me calça os pés de mármore dormente,
Enluva-me de chumbo.
(Enrija-se).
Ah! Mas... não me acabrunho:
Venha! Quero esperá-la em pé,
(Desembainha a espada).
de espada em punho!

LE BRET — Ah! Cyrano!

ROXANA, *desfalecendo*

Cyrano!

CYRANO, *em delírio*

Eu creio que ela zomba,
Zomba do meu nariz, — essa megera romba! —
(Ergue a espada).
Que dizeis? Que dizeis? É inútil? Pois que o seja!
Não está só no sucesso a glória da peleja;
Não! Não! Que inda é melhor quando o sucesso é nulo.
Quem sois vós? Quantos sois? Sois mil? Eu vos açulo!
Ah! Bem vos reconheço atrás desses postiços:
A Mentira!
(Fere o ar com a espada).
Pois morre! Há! Há! Os Compromissos!
Os preconceitos!
Quê! Fazer-vos a vontade?!...
Ceder?! Jamais! Jamais! Quem és? A Fatuidade?
— Eu bem sei que afinal sucumbo e não vos mato. . .
Não faz mal: eu me bato, eu me bato, eu me bato!
(Faz molinetes com a espada em várias direções e detém-se ofegante).
Sei! Tudo me arrancais: a rosa, a palma, o louro!
Arrancai. . . Mas existe um *quid* imorredouro
Que eu levo; e que, ao entrar no alcácere de Deus,
Varrerá largamente o luminar dos Céus;
E, puro como a glória, ardente como um facho,
Mau grado vosso eu levo. . .
(Precipita-se, erguendo a espada).
E que é...
(A espada escapa-lhe da mão, ele cambaleia; cai nos braços de Ragueneau e de Le Bret).

ROXANA, *inclinando-se e beijando-o na fronte*

É...

CYRANO, *reabre os olhos, reconhece-a e diz sorrindo:*

O meu penacho!

(CAI O PANO)

Este livro foi composto com a tipografia Times New Roman
e impresso pela Meta Brasil.